2022

中国少数民族
文学之星丛书

# 心灵的织锦

曹有云 著

作家出版社

# 编委会名单

主　任：邱华栋

副主任：彭学明　黄国辉

编　委：刘　皓　赵兴红　翟　民　党然浩

# 以民族的情意，打造文学的星辰

## ——"中国少数民族文学之星"丛书总序

邱华栋　彭学明

　　"中国少数民族文学之星"丛书是中国作家协会少数民族文学发展工程的一个新项目，于2018年开始实施，由中国作家协会创作联络部具体组织落实。出版"中国少数民族文学之星"丛书的目的，是重点培养少数民族文学中青年作家，打造少数民族文学精品，为那些已经在少数民族文学界和全国文学界成绩斐然、广有影响的少数民族中青年作家再助一力，再送一程，从而把少数民族文学最优秀的中青年作家集结在一起，以最整齐的队伍、最有力的步伐、最亮丽的身影，走向文学的新高地，迈向文学的高峰，让少数民族文学的星空星光灿烂，少数民族文学的长河奔流不息。以文学的初心，繁荣民族的事业；以民族的情意，打造文学的星辰。

　　入选"中国少数民族文学之星"丛书的作家，必须是年龄在50岁以下的、在少数民族文学界和全国文学界广有影响的少数民族作家。不管是否出版过文学书籍，只要其作品经过本人申请申报、各团体会员单位推荐报送、专家评审论证和中国作协书记处审批而入选的，中国作协将在出版前为其召开改稿会，请专家为其作品望闻问切，以修改作品存在的不足，减少作品出版后无法弥补的遗憾。待其作品修改好后，由中国作协统一安排出版，并进行广泛的宣传推广。

中国是一个多民族的大家庭。每一个民族都沐浴着党的民族政策的光辉、感受着党的民族政策的温暖，都在党的民族政策关怀下，蓬勃发展，欣欣向荣。在这个伟大的新时代，我们正创造着中华民族的新辉煌。每一个民族的发展与巨变，每一个民族的气象与品质，都给我们提供了生生不息的创作源泉。我们每一个民族作家，都应该以一种民族自豪感，去拥抱我们的民族；以一种民族责任感，为我们的民族奉献。用崇高的文学理想，去书写民族的幸福与荣光、讴歌民族的伟大与高尚；以文学的民族情怀，去观照民族的人心与人生、传递民族的精神与力量。

我们期待每一位少数民族作家，都能够到火热的生活中去，到广大的人民中去，立心，扎根，有为，为初心千回百转，为文学千锤百炼，写出拿得出、立得住、走得远、留得下的文学精品。不负时代。不负民族。不负使命。

# 目 录

第三辑　　心灵的织锦

# 序

张 炜

　　高原出大诗人。我心仪的一些大诗人，就生活或成长在那里。他们立于高处，视野开阔，离天更近，易得天外之思，取象大，心气高。这种心灵和精神的格局、造化和蓄养，与自然地理息息相关。人由天地山水滋生，诗也一样。

　　内地，东部海岸一带也有大诗人，那同样是大自然的馈赠。诗人总要努力破除心障，挣脱各种世俗的局限和纠缠，解除束缚，然后跃上不可思议的高度。在这之前，写出的多是一些婉约情感或社会之诗，一些诗林投影之作。它们分别可以娴熟欣悦以至铿锵，但不会有通灵之力。诗之难为，不必饶舌。所有为文学者企望至高的那个部分，即迈入诗门而后自由吟哦，放飞灵魂于凌空高阔，是至难的。当然，简明直切的名利客从来没有这些顾虑，诗于他们直接就是怪域魔音。

　　有云好像天生的诗人，纯洁真挚豪情深切酣畅挥洒样样皆备。他启步甚早，歌吟无数，题材宽广，纵横奔驰，放任无碍。他的诗句可寻自我对应的心影，设定情物幽思的行迹，让高处的"我"引为知音。

　　何以为诗，难以言说。诗相百端，不一而足，个体有别，自掌奇葩。诗人总是苦久打磨以求丰圆，而后独立。我们不能说深情款款者不为大章，而粗猛豪放者才是大吕。长江之宽，小河之曲，固有不同韵致风采，两不相较，各领风骚。然而凡美妙至一种深度与异境，非常理常人所能捕获者，都是弥足珍贵的。就此而言，有云之诗不可复制，难以模仿，确为无可限量的西部歌手，是生气勃勃的抵角之牛，是发力于青壮之年的悍性倔作。

古今来诗河星汉，美章写尽。经营卓越，日常神思，随意聊记，每一种品类皆有佳作流传下来。我观有云，本集中既有用心企划的创作，也有平时记录的短制，有伴行于生活的小品。它们的优异在于全部言之有物，真情独见，不同凡俗。就此，不可言说的诗力辐射出来，叩击或触动心弦。

我们知道，自古至今，诗人产量最大的诗行往往具有日记属性，即以之记录所见所感，临场发挥或事后追忆，感慨无尽，留下一沓沓生活的存根簿。它们繁多斑驳，足够丰赡。强烈的个人性甚至迷离妄言，是诗日记与散文笔录的区别。意绪飘游，过时不候，到站下车，此为诗笔，也只有诗人自己才能在日后翻阅中联想和连缀。这样的诗作，常常为一些大诗人所为。

只有本质上的诗人，才会有许多大放异彩的诗日记。有云这部诗集中，此类占据很大篇幅，且每有精湛之作。精神的游走天外，异思的偶闪不羁，与记事混于一掺于内，是产生妙悟奇想的机缘。

这些诗句与刻意构划尚有区别。这里不是周备与否和形制之别，而是神采与气质之别。重事重时或重意重情，费解晦涩或隽永纯正，二者交替出现，不分伯仲。长诗少见，短章居多，却未有堆积零碎感。一般诗人以"创作丰富而自乐"的情形，被有云以优秀诗人的矜持和庄敬，悉数回避。这需要个体的才情与卓异。有灵思而不轻掷，有野心而不放纵，始终保持一种收敛的张力。不然，华美既不经久，锐气也很快赢弱。这些，在他这里都得到了深刻的领悟与恪守。

给人另一印象的，还有诗人对话之广泛、神交之宽远。古今中外，凡卓越的歌者，他多能心领神会，与之遥唱一二。这说明他的视野开阔精纯，善言自尊，不轻浮不追风，多以神遇而不以目仰。

自由诗的路径蜿蜒至今，已令诗人们颇费心思。从本集中的句式，以及师从，同样透出诸多消息。一些句子有古律风，另一些则有译韵。他并未简单跟从现代东方的急切趣味，没有脱亚入欧的响应，没有立于十字路口的久久彷徨。更多的，还是在高原厉风中迎面放歌，用粗音大喉，体现出某种西北的生猛。我们期待诗人硬踩一条路径，自行而去，不求一时之圆熟修葺，追赶自我生命真相，以心求字，以志布文，始终保持少见的率性和生力。

的确，我们不缺事事追时逐新之宠儿，唯缺倔强深情之独创。有云的高原之诗音调既定，豪唱也就大有可期。

我生于东部，故向往西部。那是一片片高耸僻冷之地，异人多存。其实网络时代到处炽热，彼地早已不是概念之土。但我仍十分羡慕那里的风气，这不单单是地理特质，而是美学意义。那种不可企及的清冽果敢的气概，让我多有猜想。

我们或者希望这些诗行中出现更多滑润和曼妙，其实是多余的。除了鱼与熊掌之虑，还有其他。真正的苗壮，时代的强旺，才是不可替代的美。

　　　　那何谓诗中的盐呢

　　　　我想

　　　　那春雪一样暗自涌动的情感

　　　　那星空一样遥深无尽的思想

那石破天惊、出神入化的想象力

那如创世命名万物之时，雷霆万钧的语言风暴

可能就是诗中的盐

（《盐》）

亲爱的

我们多么幸运

举首之劳

就能看见这么多的星星缀满天穹

（《星星》）

这些诗句都是力与思与神并存的。概念的力量激活之后，大词自行破碎了。他想在重新感受中组合与再造。他是成功的。如果离这些概念再遥远一些、绕行一些，又会怎样？那或太过偏僻？作为一个不自觉中呼应中原的歌者，他的声音激越粗豪，这正是其感人之处。

东部沿海如我生长之地，多水多雾多湿，所以更愿寻觅干爽豪迈之歌。我愿有一种声音能够刺破雾霭，如光箭投射万里。

有云在那片奇珍的土地上守望、记录、舒展，给厌烦的靡靡之音和熟悉的哼唧送来一掌。所拍处尘土飞扬，遮面呛鼻。

愿他的力量再大些，再无畏些。

2022 年 5 月 25 日

第一辑

高原物语

# 证 词

## ——致马哈茂德·达尔维什①

你用洁白的杏花
拥抱泥泞浑浊的春天

你用流淌的银莲花
给山坡上孤独的花园编织栅栏

你用美丽的诗篇
抵抗四周虎视眈眈的围困

你以无尽的漂泊为昂贵的自由
你以破碎的语言为坚固的祖国

你以电闪雷鸣为火炬号角旗鼓
穿行在故乡被随意撕裂的夜晚

---

① 马哈茂德·达尔维什（1941—2008），巴勒斯坦伟大诗人，在阿拉伯世界家喻
户晓，在世界诗坛享有盛誉。达尔维什为和平而奋斗终身，通过在诗学和自
然中对美的寻求来反抗暴力，被誉为"巴勒斯坦的情人与圣徒""巴勒斯坦的
声音"。

你以热烫的血泪为浓稠的墨汁

书写关于一个民族文化基因和

天赋家园她顽强存在铁的证词

2017 年 11 月 18 日

# 挽 歌

——凌晨读里尔克《致俄耳甫斯十四行诗》

诸事已说

画像已成

所愿者已兑现

所欠者已归还

言辞在黎明戛然而止

音乐自断崖腾跃而起

时光不飞

玫瑰不老

诗歌于我何有哉

2017 年 11 月 22 日

# 颂 辞

## ——致沃尔特·惠特曼

你哟，我热情似旷野篝火的老兄长

沃尔特·惠特曼

在十九世纪沸腾的新大陆

狮子一样不停行走、不停吼叫的大男人

定然是来自另外的星辰

另外的水土

另外的金属

另外的火焰


身体健壮如野牛

脑海磅礴似潮涌

大声操持着另外的语言

大胆颂唱着另外的主题

激荡着另外的梦想

一个人阔步走向——

亚当和夏娃一觉醒来

掀掉窗帘

推开窗户

豁然看见的美丽新世界

2017 年 12 月 5 日

# 大数据时代

大数据显示

太阳明天绝对升起

三岁的孩子望着星空嘀咕

那万一升不起来呢

人群和光芒一起

拥入未来甬道

2017 年 12 月 20 日

# 蓦然回首

呼吸着诗歌纯粹的光芒

啃食着词语坚硬的面包

在陡峭泥泞的山坡攀爬了几十载光阴

而雪光辉耀的峰巅尚远

人迹罕至的道途亦更复险阻漫漫

蓦然回首

那步履敲响的时光之河

已成滔滔回忆

已成茫茫风景

2017 年 12 月 25 日

# 告 别

告别如雷贯耳、声名显赫者

告别寂寂无名、默默无闻者

告别一些人，告别一些事物

告别一晃而过、飞逝而去的绵绵年岁

告别紧随左右、分秒不离的重重影子


但是，那

愿力生造的往事沧海不可告别

语言搅动的时光巨流不可告别

他们在深处、更深处已经与你融二为一

如血如盐，如魂如魄

在你身体的旷野呼啸不已


　　　　　　　　　　2017 年 12 月 31 日

# 一跃而起

眼前
大雪封山
愁容满面

穿过去
必然是如花似锦的
彼岸

打开空白的稿纸
摇动亢奋的巨笔
一跃而起

2018 年 1 月 6 日

# 玫　瑰

里尔克纯粹矛盾

不可妥协的玫瑰

博尔赫斯触摸天堂

不可企及的玫瑰

那是

玫瑰中的玫瑰

他们如痴如醉

生死不离的玫瑰


《诗经》里没有种植过的玫瑰

陶渊明没有吟颂过的玫瑰

群芳之中古老缺席的玫瑰

那是

经验之外孤独开放的玫瑰

拒人千里

寂寞无主

她浑身的芒刺扎入

东方虚无的光阴之河

不痛不痒，不悲不喜
轻如鸿毛的玫瑰

2018 年 1 月 20 日

# 想　象

黄昏

独坐北方

狂雪怒放的旷野

支颐

凝神

竭尽浑身气力

思想最后一头

象

扬尘嘶吼

终究南渡的庞然身形

2018 年 1 月 27 日

# 两姐妹
## ——致萨福、狄金森


破碎的莎草纸文本

布满点点星光的歌唱


深奥的抽屉

隐秘的手稿

词语在昼夜咆哮


她们在海边

环绕着你

诵歌

跳舞

奉若神明

火光映照

俊美绝伦的脸庞

沸腾似海的夜空


足不出户

束之高阁

一个人无心的独白

文学史无尽的幽怨和猜想

纵情放歌或者

自言自语

狂热恋爱或者

孑然独身

命运之神在随心塑造命运之人

但那诗歌之兽在光阴之河

啸吼不已

最初或者最后的春天

雨水和着花瓣

飘落

2018 年 1 月 30 日

# 立 春


冰雪封锁之中
春天之门微启
强力而入
窥探那渊奥的生命之水已是躁动不已


天地之穴
玄之又玄
众妙之门


2018 年 2 月 4 日立春

# 高原物语（组诗）

## 藏狐

藏狐一撮火焰似的闪过雪原尽头

一只活蹦乱跳、机敏警觉的鼠兔

已在它窖缸似的闷热、饥饿的肠胃

化解为丰盛的营养汁液

## 野牦牛

海拔四千米

野牦牛从云端庞然而降

把坚硬的山脊踩踏成柔软缥缈的曲线

还背负着大烧饼似的热太阳

狂奔远去

## 青稞

高原之上

雪线之下

锋芒毕露

言辞狂烈

青春浪漫的天才诗人

以梦为马

浪迹天涯

## 草原狼

特立独行或者群体饕餮狂欢

一行现代诗或者一部古老的史诗

在破碎、尖锐的梦里

在如海动荡的草原上

## 旱獭

儿时，猎者曾对我讲

凡人类贪婪肮脏之足所践踏处

皆弃之不食

仅仅阳光雨露供养之草尖

仅仅人迹罕至之伊甸

## 虫草

和青虫一起吃喝

和花草一起歌唱

亦虫亦草

草虫同体

就这样

我冒犯了你们顽固的物种常识

还生成一个巨大的谜团

雪藏茫茫群山之间


## 藏羚羊

谜一样的迁徙路线

谜一样的卓乃湖

谜一样的眼睛

也许，这貌似宁静美幻的一切

都在和残酷的存在，包括我们

万物之灵长作着惊心动魄、殊死漫长的搏斗


## 鹰

俯仰雄视之间

有情终生在大地上的无明轮回

风霜雨雪里的人歌人哭

洞察于心

投以强劲的如炬之光
撕裂沉闷的穹隆
引领他们
攀升

## 雪豹

以星光和雪光辉映的微光为灯光
活在自我
来回的孤独路上

## 喜马拉雅

一只乌黑的蚂蚁
终究未能登上你
雪白的额头

## 戈壁

蒙古语苍凉的命名
在持续暗示
另外的遥远的星球或者
近在眼前，迫在眉睫
我们这个疲惫的家园

未来的惨淡光景

## 高原湖泊

这些悬挂在高原深眼窝里的
硕大水滴
一般都是咸涩的

## 沙漠

太阳风吹干了的词语死海
无话可说
绝对沉默

## 昆仑

也许就是那个
新鲜鸡蛋一样混沌未开的
混沦或者囫囵
惚兮恍兮
其中有象
窈兮冥兮
其中有精

## 红柳

太阳之心点燃的抒情之火
荒原之手擎举的猎猎旗帜
我言说，我存在
我梦想，我燎原
我，是这里天赋异禀
啸傲千秋的灼灼王者

## 胡杨

唯有这秋天般绚烂的才华尚能配得上我历经的苦难
唯有这岩石般坚定的思想者尚能听懂我沉默的惊涛
哦，古老的敌意
哦，古老的芬芳

## 盐湖

古大海退去之后
狡黠的水逃逸殆尽
只留下这浓稠似血
死而不亡海的精魂

## 岩羊

岩石间跳跃的音符

悬崖上的孤独舞者

把自己不断逼向绝境

方能生存

方能美幻

## 雪山

是水

但拒绝了机会主义的流动与变易

选择了寂静的秘修苦行

法相庄严

一尘不染

## 白杨树

西北以西

旱原之上

关于绿色

关于远方和诗

最为

普世的宏大叙事

## 酥油花

荆棘变为满天明灯

杂草化为遍地莲花

重宝奇珍成山

灿烂光辉如画


人们啊，请记住

此乃六百多年前

宗喀巴大师做的一个美梦

恰似纯净不染的黄金酥油

温润如春雨

庄严如净土

真实不虚

馨香无尽

## 湟鱼

黄金般闪烁的阵阵鱼群

在蓝宝石般的青海湖白云似的游荡

嘘！肃静，更勿走近

是她们脱光了衣服

赤身裸体在水中嬉戏

## 青稞酒

山坡上这些石头子儿一样粗陋的麦粒

浸泡出的

琼浆玉液

灼烈之火

可以兴，可以观，可以群，可以怨

## 狼毒花

搭在生死之间的

美艳花环

在风中

对着你微笑

## 昆仑玉

浩浩昆仑摩崖遥深秘境

蕴藏亿年

最为纯净的一块

最为温润的一块

最为精美的一块

唯有你，文质彬彬的君子

前来品鉴

前来佩戴

## 冰舌

磅礴高原
银色巨龙伸出长长的舌头
探测体温

越来越热
偶或高烧不退
其至连坚硬的舌头都融化成了水
矫龙之躯也越来越虚，越来越小

## 雪线

撤退，再撤退
上升，再上升
是要飘移到天上去吗
这顽强的生命之线
这脆弱的生存底线

## 雪莲花

拒绝了一切乔装打扮，涂脂抹粉的

招摇过市
在孤绝的雪线地带
峭壁岩缝
凌寒独自盛开

## 藏獒

身如雄狮
声如洪钟
猛如虎豹
勇如武士
忠如赤子
在诸多人影之上
昼夜捍卫着他的草原和羊群

## 柴达木枸杞

大漠尽头
戈壁深处
饥餐太阳之火
渴饮冰雪之水
浑身狼牙芒刺之间
缀满血红的灯笼和星辰

2018 年 2 月 4 日立春——3 月 18 日

# 无 题

高铁锐利的弹头

刺穿重重风景

飞机轰鸣的巨翅

掠过皑皑雪山

不再有遥远的事物

远方古老之夜幕

被速度

肆意炫技之电闪

——撕裂

——戳穿

回忆遥远的童年

犹如长河滔滔

2018 年 3 月 26 日

# 寂然的春天

从时间

高深的岩缝

伸展出

词语新鲜的叶片

在阳光下闪烁

在风中摇曳

那就是

语言

就是诗歌

狂喜的瞬间

是思想者

寂然的春天

2018 年 3 月 28 日

# 偶 感

误解之误解

错觉之错觉

梦中梦

你何时会在路上

坚硬粗砺的砾石路上

时时疼痛

时时清醒

如新鲜的伤口

如冷峻的雪峰

和米拉日巴，或者但丁一起

在去往那边

坚定的孤独路上

2018 年 4 月 2 日

# 存在之维

一场雪覆盖了春天刚刚睁开的眼睛
一阵风吹灭了河岸上唯一的灯火
突如其来的洪水冲毁了所有的道路

不是时间
是时间古怪的情绪
天气
在随心捏造着我们的心
在肆意玩弄着我们的身体

2018 年 4 月 5 日清明

# 金 针

一定要找到那个

词语


韦编三绝

不在词典

甚至经典


它一定就在你

动荡不安的心里

需要一生

昂贵的黑白光阴

打捞起它

一根金光闪闪

锐利无比

闪电般刺穿你

胸口的

唯美金针

2018 年 5 月 9 日

# 山中的执念

昨夜
一场空梦消耗掉了我漫长的一生
其实
我只消耗了一个短暂而浅薄的夜晚

这个五月
总是雨雪交加
总是左顾右盼
徘徊不前
好比昨夜梦中逻辑混乱的一生

难免回忆
难免感伤
难免悔意绵绵

三十载豪华岁月不也弹指一挥间如梦而逝
我在昆仑、祁连南北耸峙
西风猎猎、雨雪霏霏的大山中
突然老了

黑发凋谢

白齿松动

青春之灯悄然熄灭


所谓时光

所谓诗歌

所谓雄心壮志

不也是天地间冥顽不醒

人之执念幻象


2018 年 5 月 20 日

# 善恶的星空

我的头颅内
宇宙如大河轰响

一个善念
一颗星辰

一个恶念
一涡黑洞

黑洞贪欲无限
连光都要被吞噬

但毕竟
光在逃逸
星空在闪烁
善念在涌现

而黑洞

唯有无声无尽叹息

在无底深渊

2018 年 5 月 23 日

# 所谓光阴之河

所谓光阴之河
它无比宽阔无比深邃
没有源头，也无尽头

扔进去一块石头
再扔进去一块
想听到"扑通"一声响亮
验证它确实地存在

石沉大海
一声不响
我在河岸上如水漫长的一生就这样过去了

2018 年 5 月 24 日

# 四月的丁香①

## ——兼致艾略特

四月

丁香花

高原孤独的先知

在雨雪交加的夜半冒险地开了


这是否就是艾略特残忍的四月

把记忆和欲望混合在一起

用冷寂的春雨搅动沉睡的根蒂

从死去的土地培育出叛逆的丁香


但转眼将是夏天

百花匆匆谢幕

千篇一律的叶片遮蔽天空

记忆如飞絮飘散

欲望似野火寂灭

暴雨将至


我咏叹过夏天

---

① 第二、末节改写自艾略特《荒原》。

这是一个平庸的季节

在无知的野蛮生长中

停止了仰望

放弃了思想

甚至爱情也不会发生

没有期待，更无悬念

像个坐享其成

不思进取的冗长王朝


沉闷啊沉闷

焦灼啊焦灼

就让我停留在夏天喧嚣的门口

隔着星辰眺望遥远的秋天吧

水落石出、清澈澄明的秋天

删繁就简，独树一帜

风格强烈的秋天


哪怕寂静无为的冬天

哪怕蠢蠢欲动的春天


但眼前高原

唯有这四月

把记忆和欲望混合在一起

用冷寂的春雨搅动沉睡的根蒂

从死去的土地培育出叛逆的丁香

2018 年 5 月 24 日

# 雨　水

昨夜，雨水自东向西
呼啸而过

雨水落在母亲的坟头
也落在我的心头

雨水渗透九层地宫
落在漆黑的棺木上

雨水穿透金字塔
落在法老干枯的额头上

雨水穿过重重云雾弥漫
落在太阳神庙日渐模糊的箴言上

雨水掠过激荡的密西西比河
落在印第安人惊恐不安的梦里

雨水落在阿富汗光秃的山坳
也落在华尔街健壮的公牛颤动的脊背

雨水落在黄河奔走不息的血液里
雨水落在恒河冥想不朽的脑子里

雨水落在底格里斯河和幼发拉底河怀抱的婴儿
雨水落在白尼罗河和青尼罗河两道悠长的泪痕

看哪，雨水落在天河中央
也落在四只凝望的眼睛上

夜幕落在白昼坚挺的脊背上
也落在孤独者沉默的嘴唇上

大河两岸
日出日落

大河两岸
人歌人哭

雨水落在两岸起伏的麦浪上
也落在起伏的头颅上

昨夜，雨水顺着母亲细密如画的发丝
打在我沾土带血的词根上

2018 年 6 月 2 日

# 风暴之眼

不能是

那棵树

风暴来临

根系都在松动、摇摆、断裂

甚至连根拔起

轰然倒伏

何况叶片

何况枝干

要是那风暴之眼

四周激荡不已

乃至肆虐疯狂

而其核心地带

依旧在

岿然不动

静穆如山地

寂静思想

2018 年 6 月 7 日

# 风 景

出门
你看见了飘荡在音乐之上的喷泉
我看见了山坳上的雪

我反复梦见被一群荒原狼追逐
而你在阳光下反复追逐饥饿的狼群

你装饰了他们宏大的图案
我装饰了你们贫困的梦

2018 年 6 月 9 日

# 在大柴旦

纯净如青冥

美善似良宵

之后是沉默、深邃

乃至不可言说之神性

多像一句隐匿在旷野眼窝里的诗


在大柴旦清晨阳光泛滥的街道

我愿做一个单纯无知的孩子

拒绝雄辩

隔绝喧嚣

独自行走

2018 年 6 月 11 日

# 俄博梁雅丹

是风

穿透了时光

是时光

凿空了星辰

俄博梁，天边古老的大祭坛

孤悬在西部大荒之上

漏洞百出

满目疮痍

但这

即是眼前突兀的风景与

几乎可以预见的未来

戳穿短暂而脆弱的

历史、传说与神话

戳穿单薄的文明册页

尖锐又苍凉地启示

地老天荒

海枯石烂

诸物存在

终将破碎

2018 年 6 月 13 日

# 超验之核

剥掉大黄桃

金玉灿烂的外皮

吃掉赘肉和汁液

终究暴露出

时光卓越的刻刀

替天行道

精心雕琢而成

这凹凸有致

恍惚有象

不可思议

不可释解者

——超验之核

2018 年 6 月 29 日

# 自由之马

暴雨过后
一匹马
一匹枣骝大马
自山坡飞奔而来

抛掉鞍鞯
甩掉辔头
甚至，扔掉骄纵的主人和
手中浸血的长鞭
抖落浑身肮脏尘埃
飞奔而来

一匹马
一匹枣骝大马
赤身裸体
鬃发飘飘
飞奔而去

2018 年 8 月 5 日

# 空白之页

空白之页赤身裸体

从四周呼唤你


从被长久压抑的典籍

从激情弥漫的 WORD 文档


从深度诱惑的星期一

明天


你有充足的墨水吗

你有坚挺的笔杆吗


我无穷无尽

我永不餍足


我会耗尽你们的才华江海

甚至生命油灯


我无限多

你无限少

我终将吞噬你们
你们所谓的抒写只是兴叹

2018 年 8 月 26 日

# 秋日即景

秋天

阳光如潮涌来

穿过密集的栅栏

漫过高大的墙壁

浩浩汤汤

横无际涯


冲开所有的眼睛

惊醒所有的脑袋

见证奇迹与常识

梦想与真理

2018 年 9 月 10 日

# 盐

比如袭来的疾病，亲人的离世

对不可知的明天的无尽担忧

甚至深度沮丧

都加重，乃至改变了原本寡淡如水

滑腻如风的时光浓度和味道

而那一年，母亲，后来又是弟弟

突如其来的英年早逝

则是分量最重的一大把盐

使后来的日子苦不堪言，重不可释


我想，书架上这些层层堆垒的书籍又何尝不是盐

是他们耗其一生

自浩瀚光阴里，自身体深处

挖掘、提炼出的精盐

有的已然结成了坚硬如铁、温润似玉的硕大晶体

在日月光华之下芬芳馥郁，熠熠生辉

2018 年 10 月 3 日

# 首尔论坛关键词①

## 1. 传统

一件古旧的大氅

我们嫌弃甚至抛弃它

但里面存留着爷爷奶奶们顽固的体油和体温

而且，DNA 检测结果和你惊人地一致

## 2. 差异

这个星球上没有两片绝对一致的树叶

哪怕一条叶脉一粒叶素

所以我还在浩瀚的枝头闪耀如星

## 3. 未来

未来是一只灰色的鸟儿

也许是一只火红的鸟儿

---

① 2018 年 10 月在首尔召开的第四届韩中日东亚文学论坛主题为 "21 世纪东亚文学，心灵的纽带：传统、差异、未来及读者"。

但一定在飞

## 4. 读者

大河跌宕起伏，九曲连环，踌躇满志
奔流千里万里之后
最后的
看不见的浩大出口

2018 年 10 月 28 日    青海德令哈草就

# 雪 花

## ——给 2018 年德令哈第一场雪

雪花依旧寂静无为

在夜半给大地轻敷上厚重的遮霜

在午后复又化为丰盛的营养汁液

灌入饥渴的肠胃、血肉

喂养着庞大的万物之躯

但路人依旧熟视无睹


雪花转而飞向茫茫空际

降落在隆隆转动的轨道

冒着热气，嗞嗞作响


看哪

雪花落满银河的中央

如画

雪花飞向宇宙幽暗的边缘

如梦

2018 年 11 月 5 日

## 遇 见

——致策兰

风雪之夜

我遇见你

幽暗之夜

我遇见你

时代喧嚣之夜

蓦然回首，分明看见你

在不屑一顾的寒荒角落

——擦亮腐锈的词语碎片

自助采光、自助取暖的孤独男人

2018 年 12 月 2 日

# 疑 问

《伊利亚特》第三卷中
如此描写特洛伊年老的领袖们
"很像森林深处趴在树上的知了
发出百合花似的悠扬高亢的歌声"

如此描写足智多谋的奥德修斯
"但是在他从胸中发出洪亮的声音时
他的言词像冬日的雪花纷纷飘下"

无欲雄辩，只是在想
三千年后，这匍匐在大地上的诗人和诗歌
是在前进还是倒退

2018 年 12 月 6 日

# 隐 逸

午后，一只针尖大小的虫子
一直在一个页面俯首疾走
足足半个小时

"他不会读
或写
但说着
我从未读过
也没人写过的话"

恰好是伊朗诗人，电影大师阿巴斯诗集
《一只狼在放哨》
这个页面中的诗句

半个小时后
那针尖大小的虫子
隐逸而去
不知其所终

2018 年 12 月 9 日

# 快雪时晴帖

看哪

晴空中

雪光里

语词在飞翔

诗句在飞翔

这些展开双翼的图书在飞翔

目击并一起飞翔的人是幸福的


其实是心之巨鸟在鼓翼奋飞


与那辉煌的太阳鸟比翼齐飞

飞啊飞

言词绝处

音乐起

道路绝处

人站立

2018 年 12 月 11 日

# 在书房

1

午后
目睹这越来越拥挤的书架
蓦然发现
好多都重复了
只是版本或者包装不同而已
而我竟浑然不觉

也许，世上的书
好书就只有那么几种
我们世世代代购买，阅读
渴饮它永不枯竭的金汁玉液

2

整整一个下午
我都在听音乐
听莱昂纳德·科恩

发自丹田的雄厚嗓音

其实我不懂英语
也不懂法语、德语之类
除了汉语，我都听不懂

我究竟在听什么呢

也许，我听到了最初的音乐
乃至语言或者艺术起源时那个狂热的午后
他们庄严的哼哼唧唧、唧唧哼哼

3

加里·斯奈德是个聪明的美国老头儿
当他知道自己一直在西方死胡同打转
找不到出口
就转向东方浩大的山水
拥抱貌似简陋的寒山子

他知道
山水中没有恼人的善恶
寒山子不讲究吃穿
也不讲究麻烦的逻辑修辞

一切都还是原本的样子

4

书房里这些昆虫般过度繁殖的图书
竟然淹没了
大海般轰响了三千个春秋的荷马之声

在嗡嗡嗡嗡的喧闹中
我已听不到海的歌唱

我决心发动一场书斋里的革命
让萤火的归萤火
星辰的归星辰
缪斯们看着是好的

2018 年 12 月 13 日

# 谜

眼前

这些荒草、枯枝、残雪和

哀伤的目光下

一定覆盖着一个巨大的谜


我一直在追寻

年过不惑

还在怀念黄金时代

那个元素一样不朽的清晨


明亮、鲜艳、颤动

光谱般倾泻而来

2018 年 12 月 21 日

# 诗 意

一直想记录下来

这枯败冬天里唯一活跃的诗意

清晨，这孤悬在西天边的满月

真如一张刚刚打开包装的硕大银盘

在那雪山顶上辉耀

2018 年 12 月 26 日

# 致阿摩司·奥兹①

阿摩司·奥兹先生

抱歉，我的书架上没你的书

因为我不大相信活着人的所谓经典

昨天，你去世了

我开始考虑购买你的书

为此我大兴调查研究之风

阅读了不少关于你的一些网传闲话

但你强大的风格已足够让我触摸到

你就是那个虽然火山近在咫尺

黑暗中照常吃喝拉撒、谈情说爱的顽皮老爷子

2018 年 12 月 29 日

---

① 阿摩司·奥兹（Amos Oz），以色列著名作家，于 2018 年 12 月 28 日去世，终年 79 岁。代表作有《爱与黑暗的故事》等。

# 时光之鞭

时光之鞭举起

甩响三次

震落沉默的积雪

驱赶羊群

跳出纪年

虚幻又顽固的栅栏

涌入浩浩春天之海

2018 年 12 月 31 日

第二辑

星空之下

# 发 现

今天，有缘遇见了一位好诗人

犹如在没有图纸指引的情况下

偶然发现了一座金矿

在大山深邃岩层中闪闪发出不可遮蔽的光芒


"在想象的花园里有真实的蟾蜍"

她的诗学理想犹如异境灵壤，遥不可及

仅此，她将那些亦步亦趋

在纸上分行爬行的庸人远远甩在了身后

而她自己早已抵达并且在尽头孤绝地站立了百年


差点忘了告诉你她曾经如雷贯耳的芳名

玛丽安·摩尔①

一个酷爱三角帽、黑斗篷

行事低调、自律自尊的独身女人

过世已近半个百年

2019 年 1 月 1 日

---

① 玛丽安·摩尔（1887—1972），美国诗人、批评家、翻译家。出版有诗集《观察》
《诗全集》等。获得日晷奖、国家图书奖、普利策奖，以及博林根终身成就奖。

## 雪或者惑

哦，这没完没了的雪

老子说：多则惑
我竟然惑于这单纯的雪了
孔子说：知者不惑
我竟然惑于这无知的雪了

他们站在高处庄重地说
格物致知
知行合一

而今年逾不惑
我竟然惑于这烦劳沉重的肉身皮囊了
其实，也是可悲可耻的

2019 年 1 月 5 日

# 晴雪快读帖

晴雪

快读

谷川俊太郎

《三万年前的星空》


狭小的腰封上有两句宏大的诗

语言属于人类，沉默属于宇宙。我们

不能逃离孤独，但可以逃离沉默


记忆中这是我唯一一口气读完的诗集

整本书几乎每一句都在如此电闪雷鸣

恰似这高原之上繁盛缤纷的浩大星空


也算是这个智巧而轻浮的造句时代

贵金属般沉重的收获了

　　　　　　　　　　　　　　　　2019 年 1 月 8 日

# 孤 独

他从风雪中迎面走来
一直望着我
面带微笑

擦肩而过
面带微笑
手拎食品袋，一直看着我

我回首
背影在风雪中渐行渐远
手拎食品袋，一直望着他

"宇宙正在倾斜
所以大家渴望相识"
谷川俊太郎说

"天地一直沉默
所以大家渴望说话"
我自言自语道

2019 年 1 月 12 日

# 谜 语

在风雨中飘摇无依

在洪水中随波逐流

在重压下扭曲变形，面目狰狞

在暗夜里沉默无声，或者垂头啜泣


似乎也在隐隐呐喊抗辩


你可能想不到

我说的是看不见摸不着没有颜色没味道

淡如水的

谜一样的

语言

2019 年 1 月 21 日

# 北极熊，核潜艇①

我早已如履薄冰，如临深渊，战战兢兢，度日如年
而你们突如其来的闯入
似乌黑丑陋的陨石从天而降
损毁这亿年的坚冰光华
损毁这亿年的泰然安详


你们能给我鲜美可口的食物吗？能给我适宜舒适的水温
　　吗？能给我神圣不可侵犯的宁静吗？能给我与世隔绝、
　　如鱼在水的自由和快活吗？


快消失吧，你这没心没肺没有热血流淌的冷酷黑铁怪物
自古以来，这里就是我的领地
这里圣洁似古老的天堂，没有肮脏的欲望
这里没有你们所寻找的财货资本和无边扩张的野心

---

① 据报道，2019 年 1 月 13 日，一艘核潜艇于挪威附近海域巡逻期间浮上水面，
欲弃置废物垃圾，未料却引来一头北极熊的注意。被眼前庞然大物吸引的北极
熊，竟憨态可掬地尝试登艇觅食，导致核潜艇上一百二十名船员不得不留在船
舱"避难"。专家表示，挪威和俄罗斯共有近三千只北极熊，但人类活动和大
量垃圾正威胁着该地区的北极熊和其他野生动物生存安全。

这里只有亘古的寂静、和谐和秩序

岂容如此这般肆意践踏

2019 年 1 月 22 日

# 史密斯，奥利弗①

尽管年少得志，荣耀无比
但"70后"史密斯依旧像一颗生涩的星辰
发出含混不清的气味儿

而玛丽·奥利弗
和我们的老昌耀同辈儿的大诗人
更像是一束经验老到的秋天之光
所到之处，水落而石出，瓜熟而蒂落
事物们都裸露出脱去文明外套之后
天真可爱的本来样子

年轻的史密斯向着逐渐明朗起来的火星天体还在写啊写
而隐居式书写了一生的玛丽·奥利弗还嫌不够
索性永远地隐居在了她自己苦心营造
精致的瓮里

2019 年 1 月 31 日

---

① 特蕾茜·K.史密斯，美国诗人，生于 1972 年，2012 年 4 月凭借诗集《火星生
活》赢得普利策诗歌奖，2017 年 6 月成为美国桂冠诗人。玛丽·奥利弗，美国
诗人，生于 1935 年，1984 年获普利策诗歌奖，1992 年获国家图书奖，2019 年
1 月 17 日在家中去世，被称为美国当代的"归隐诗人"。

# 猫或者虎

中午回家路边
我看见一只猫
眯着眼，趴在杂草地上晒太阳
今天阳光真好

肥硕，健壮
还有老博尔赫斯所深情迷恋
金黄的斑斓皮毛

但它一动不动
一直趴在那里眯着眼晒太阳
即便我重重地跺脚

我终于相信
这就是一只彻底放弃了狂野梦想
停止搏击、啸吼和雄视
死去千年的虎

2019 年 2 月 15 日

# 文明之争

阿里斯托芬在《蛙》中说

赫西俄德①"传授农作术、耕种的时令和收获的季节"


三千年前

农夫诗人赫西俄德在《劳作与时日》中如是教诲他不务正业

的弟弟佩耳塞斯

"财物源源不绝，不用驾船

远航，饶沃的土地长满果实。"

"你若是满心满怀地向往财富

就这么做：劳作，劳作，再劳作！"

他还说"我实在从未乘船到无边的大海"


而我自幼也被如是教诲

古希腊（乃至整个西方世界）是海洋文明，华夏为农耕文明

---

① 阿里斯托芬（约前446—前385），古希腊早期喜剧代表作家，雅典公民，相传
写有四十四部喜剧，现存《阿卡奈人》《蛙》等十一部，有"喜剧之父"之称。
赫西俄德，古希腊诗人，著有长诗《工作与时日》《神谱》等，大约生活在公
元前8世纪，有"希腊教训诗之父"之称。

今天清晨天气晴好，澄明如洗

我一直在想

人们为何总是睁着灯泡似的眼睛却说着暗夜似的瞎话呢

2019 年 2 月 15 日

# 草原，星辰，史诗

草原上的青草一样无数无量

苍穹上的星辰一样无穷无尽


谜一样的荷马走了

神一样的格萨尔王没走

巨石一样的《伊利亚特》和《奥德赛》

立在大地上三千年，不倒不朽，不增不减

可我们的《格萨尔王传》①哟

还在生长，还在繁衍

犹如来年春天的草原

犹如今夜激荡的星空

不可量数，不可思议


2019 年 2 月 23 日

---

① 荷马（约前 9 世纪—前 8 世纪），古希腊盲诗人，据传为英雄史诗《伊利亚特》（15693 行）和《奥德赛》（12110 行）即"荷马史诗"的作者，但史诗的作者及荷马本人的存在与否历来众说纷纭，没有定论。《格萨尔王传》，是藏族人民集体创作的一部伟大的英雄史诗，历史悠久，结构宏伟，卷帙浩繁，内容丰富，气势磅礴，流传广泛，被誉为"东方的荷马史诗"。《格萨尔王传》是世界上唯一的"活"史诗，至今仍有上百位民间艺人在我国青海、西藏、四川等地区传唱。

# 关于《格萨尔王传》的一点微弱猜想

我想

那应该是一长串没完没了浩瀚无尽的数字

无限，但不循环

无规可循、不可预料而奇迹频现


那滔滔诗行编织的磅礴故事

自他们永不枯竭的头脑蓬勃创生

闻所未闻，见所未见

恍若那个创世的壮丽清晨


但这一切又如天驹行空

无所从来，亦无所去

不可释解，不可思议

2019 年 2 月 27 日

# 忙碌的喧嚣

脚步声

搬动桌椅声

物件跌落撞击声

众人嘈杂声

还有时断时续的哭泣声


午后，楼上邻家突然一派忙碌的喧嚣


若将这成人深重之哭泣置换为婴儿绵软之哭泣

这死即是生

亦是一派忙碌的喧嚣啊

2019 年 3 月 3 日

# 狂　想

以梦为笔

赋予苍白以颜色

赋予鸿毛以重量

赋予千篇一律

机械复制的

工作和时日

以万紫千红之执念狂想


这般如画如诗的理想生活不亦十分美好

如此画饼充饥的堂吉诃德不亦十分可笑、可敬、可爱


2019 年 3 月 6 日

# 春 雪

于是

怨声四起，怨声载道

这雪，羁绊了春天盛装的脚步

遮蔽了关于春天的所有细节和真相

惊蛰过后，大雪依旧纷扬

天未遂人愿，并非春暖花开

要不就坦然接受眼前这堆积如山的冰冷事实吧

兴许，这雪即为春天飞扬的讯息，隆重的暗示

只是，我们浮躁如尘、心急如焚、鼠目寸光而无远虑

总是缺乏耐心静候那东风徐来，冰消雪融，大地回春

知否，知否，天边已是春雷隐隐

惊动了远方的燕子，沉睡的长蛇

看哪，飞雪迎春
春天已盛装而来

　　　　　　　　2019 年 3 月 9 日　德令哈连降大雪

# 长安之春


李白狂喜过的春天
杜甫感伤过的春天
其实是同一个春天
大唐恣肆汪洋的春天

长安的春天，西安的春天
不亦同一个春天
在文采和戏剧之外
独自蓬勃千秋的春天

皇朝走了
春天没走
天才走了
诗歌没走
总在此时此刻
在你眼前闪耀如初
召唤你欣然前往
奋笔疾书

2019 年 3 月 21 日　西安

# 文字的事实

是的，就是那没有温度也无亮度

没有重量、虚幻不实的小小文字

而非煌煌烨烨的太阳或者火焰

时常照亮、焐热我们阴雨绵绵的身体

使我们信心倍增

想着继续如此，甚至更好点存活下去

这同样也是不可思议不可轻蔑的事实

2019 年 4 月 19 日

# 我们的星球

## ——地球日写给地球

地球是块

蓝色的土坷垃

基本上是圆的


不是上帝

也非牛顿发现的万有引力

或者爱因斯坦搭建的方程式

更非霍金石破天惊的磅礴猜想

而是你、我，他、她

每一个一日三餐

喜、怒、哀、乐

具体到毫发的人

昼夜不息，心的热烈搏跳

在推动它，擎举它

走向远处更远

高处更高

不让它在中途熄火搁浅

荒芜死寂

乃至坠落于不可知的黑洞深渊

2019 年 4 月 22 日

# 人文与自然

一行暧昧的文句

唤起经验之海

依旧如隔重幕


而一个清晨

水晶通透

让我看见清澈的未来之光


人文总在回忆

狂喜或者感伤

两眼迷蒙


而自然不悲不喜

照见星空如画

2019 年 4 月 26 日

# 麻 雀

在单调又单调的西北之西
这些喧闹的麻雀拯救了多少
寒荒的清晨
寂寞的童年

如果
它们都萌生鸿鹄之志
向着东南远走高飞
这些清晨怎么办
童年怎么办
这空空荡荡的大西北怎么办

2019 年 4 月 27 日

# 星空之下

昨夜，我在星空之下

自由如风

欣然穿过春天浩大的花园


囚禁在身体里的血

奔腾不息

呼啸不止

迎头撞击锈红的密集栅栏


大地上的人们

灯火辉煌

衣食无忧

反复梦见飞龙在天


2019 年 5 月 1 日

# 树

不想远观，鸟瞰
只看见浩大的森林
茫然的概念之树

我想看见一棵树
健壮挺拔或者歪曲扭结
甚至病害蔓延，危机四伏
甚至早已腐朽干枯
死去多年的树

一棵真实不虚
具体而又具体
独立而不改
单数的生命之树

2019 年 5 月 3 日

# 言辞与音乐

看哪
言辞苍白处
音乐蓬勃

言辞停滞处
音乐奔流

言辞冻结处
音乐融解

言辞绝望处
音乐希望

言辞困顿处
音乐搭救

诗歌冰凉的灰烬之上
音乐低回萦绕

2019 年 5 月 12 日凌晨

# 在机场

清晨

一架银白色的大飞机

轰然降落郊外荒僻的机场

驱赶了浩大的冷寂空白


一个念念不忘的词语

终究自谷底腾跃而起

怒放晴空

照亮了他原本卑微的一生


2019 年 6 月 11 日晨　德令哈机场

# 五行：致莫奈《睡莲》

## 金

她们

在水中

闪耀着金属坚硬的光芒

古老的青铜或者黄金

最初的光

## 木

一棵寻常的草本

在经典中赢得了不可思议的盛名

却依旧质朴如初

仰之弥高，钻之弥坚

## 水

萍水相逢

那一泓寂静的池水

即是深厚、肥沃的土壤
元素俱全
喂养了你如莲怒放的印象

## 火

盛夏
我看见你在水中燃烧
形象全无
一片纯粹的火焰
缥缈如星
召唤万物
向着太阳聚拢

## 土

终究
你龙爪一样遒劲的根须
深扎在那黑暗的土
他们看见了你辉煌的脸庞
我看见了你污泥卑微的腿脚

2019 年 7 月 12 日

# 森林与树

森林
阴森、暗淡、杂乱
乃至腐败

一丛庞然的乌合之众

一棵树
立在山坡上、阳光里
乃至风雨中
精神挺拔
独立自足
近乎完美

森林不是树
树不是森林

我爱树
一棵树
不依不靠，不牵不连

向着澄明而未知的天空

持续生长、生长的

一棵树

2019 年 7 月 19 日

# 爱 情

我们站在粗暴的风中
奢谈爱情
歌声飞扬

不时，夕阳西下
群山投下磅礴的阴影
我们坐在漫长的山坡
华发闪烁
齿牙松动

但我们还在谈啊谈

蓦然回首
秋风扫尽了残叶
大雪覆盖了残年
长夜燃尽了残烛
我们瑟缩在动荡不安的梦中
回忆爱情
泪流满面

2019 年 9 月 5 日

# 两块石头

我有两块石头

一块光洁、通透

我早已看透内外

甚至其中的毛细纹理，甚至瑕疵

它分明是一块宝玉石

还有一块它皮厚色重、褐中带黑

我几乎每天都用手和眼睛反复揣摩

还拿强光手电筒探照

它微微透亮，还略略泛着绿光

如此而已

但迄今我还是疑惑不定

它是一块带皮的和田仔料

还是一块伪装的普通僵石

每天依旧在揣摩，依旧在照射探究

2019 年 10 月 4 日

# 围坐秋天

风雨过后
我们围坐在衰败的秋天
谈论着光阴的力量
大地的兴衰
历史的逻辑

夕阳西下
万物静默
我们不哭不笑
只是长久地沉默
有如秋收后空荡的麦田

2019 年 10 月 9 日

# 彼得·汉德克如是说<sup>①</sup>

彼得·汉德克披头散发

从人群中走出来

面向惊愕的观众

撕掉身上所有被强加的乌有的标签

反戏剧、后现代主义和其他五颜六色乌七八糟的标签

他说，我创作时，压根儿就没有"后现代"这个词


但我认识所有的蘑菇品种，我是世界蘑菇大王

文学就是从最肮脏的媒介中找寻最纯洁的宝贝


2019 年 10 月 11 日清晨

---

① 北京时间 2019 年 10 月 10 日 19 时，瑞典文学院宣布 2019 年诺贝尔文学奖授予
奥地利作家彼得·汉德克。

# 晚　秋

清晨，在大风呼号中
十万叶片紧急告别十万树木
向着我
纷飞而来

哗哗砸向我的身体
我的头颅

我安然无恙
但天空和大地
满目疮痍，惨不忍睹

2019 年 10 月 11 日

# 窗外的喜剧

办公室窗外
一只硕大的鹰在飞旋
鸟瞰良久、良久

它被大地上的奇迹震撼
还是在嘲笑这蝼蚁般涌动的人世

我感觉它在得意地排泄
而后扭头，狂笑着扶摇而去

2019 年 10 月 12 日

# 寻 找

晚秋

我目击落叶翻卷的惨淡时空

去寻找一杯酒、一炉火的安慰

但所有的房间空空荡荡

杳无人烟


人们面无表情，浩浩荡荡

拥挤在去往别处的路上


没有人再说

冬天来了，春天还会远吗


但群莺乱飞的春天一定会来的

即便隔着这漫长而坚硬的冬天


瞧，那石头底下

歪歪扭扭、金黄发亮的几株草芽


2019 年 11 月 7 日

# 眺 望

我站在山顶上歌唱

大风呼啸

雪花翻飞

城市犹如海市

烟涛微茫

音信难求


文明之鹰匆匆停留

在坚硬的岩石上

留下浅薄的印痕


我们透过万年的风沙一起眺望

缥缈的灯火

他们的喧嚣

枉自嗟叹

2019 年 11 月 16 日

# 书本、郊区

放下书本
走出概念、观点、态度
甚至情绪的
喋喋不休

走向郊区
郊区荒无人烟
更没有书本们自恋自乐的喧闹
仿佛那个语言诞生前的苍莽世界

但已是危机重重
城市像一张失控的面饼
越摊越大
都到了边沿
甚至悬崖

这还不够，城市索性撒开
柏油路和水泥楼
两条野蛮、暴力之粗壮双腿

像一匹脱缰的野马横冲直撞
肆意践踏郊区
日益萎缩、日益无力的衰弱身躯

复又回到书本
旁观一场隔靴搔痒的言语狂欢

2019 年 12 月 25 日

# 急促的告别

——敬献给我的父亲

世界比我们想象的还要急促。

——路易斯·麦克尼斯

## 1. 己亥之冬

这个冬天

那只凶猛的饕餮之兽

从寒荒的山谷中醒来

饥饿难耐

一口吞下

我沉默寡言

年老体弱的父亲

没有留下

一星半点、只言片语的

骨头和证词

扬长而去

而一场突如其来的暴雪

已经覆盖了所有的季节

所有的道路

所有的梦

## 2. 光明殿

哦，星辰

那么多辉煌的岛屿

旅行的帆船

我径直走向你

光芒铺展的辽阔彼岸

永恒的光明殿堂

没有苦难

没有死亡

那催人泪下的残酷游戏

一切都是青春飞扬

一切都是闪耀的不朽实体

看哪，四周环绕着永不凋谢的无尽花园

人们谈笑风生，说着简单的快乐的话题

## 3. 百年后

百年后的这个冬天

风雪交加

日月黯淡

太阳般照耀的父亲

油已耗尽

灯已发黑

我们被抛入暗夜深渊

无人来寻


## 4. 车站

到点了

轰鸣的列车叫醒疲倦至极的父亲

该下车了


两手空空

父亲背对着我们

背对着喧嚣不息的人间

一个人走向不可知的茫茫草原

正如您啼哭着来时的样子

两手空空


不知那边是否有灯火

是否温暖如家


但可以肯定的是，那边

光阴之上，循环之外

再无生老病死

无尽的劳烦苦厄

亦无万般无奈的告别

一如那个泪水浸透的苦寒清晨


列车呼啸而过

载着我的忐忑不安

载着微弱的灯光

驶向下一站


## 5. 父亲的一生


父亲以不为人知的劳碌一生

串起革命、建设、运动、改革

这些犹如江河

波涛汹涌、跌宕起伏的

宏大叙事


其实，父亲只是个普通的中国农民

本该在麦田、溪流、炊烟和儿女

萦绕的宁静家园

度过他不为人知的幸福一生

## 6. 一部书

父亲走了
带着一部书

这本书父亲偶尔谈起
但语焉不详

即使如此
我们陷于名利幻海，不能自拔
从未仔细讨教聆听过

也许，一部秘史
一部从未打开的磅礴史诗
从此与世隔绝
不可复得

其实他精彩绝伦
家族隐秘如丝的细节与
国运盛衰的大道水乳交融
不可复制，拒绝模仿
甚至威严崇高，远离杂碎絮叨

一部大书

一部世上不会再有的天书
无人可知，无人传唱
犹如昨夜溘然陨落的无名星辰

## 7. 真相

关于死亡
总是道听途说，人云亦云
总是隔靴搔痒，无关伤痛

但这次，我看到了死亡
父亲的死亡
具体的、活生生的死亡

无需苦思冥想
就让我来告诉你真相吧
死亡并不具任何形而上的奥义
死亡其实明白如话，清晰可见
死亡就是精疲力竭，消耗殆尽
不再呼吸，不再心跳，不再言语
一片绝对的寂静无声，空荡无物

## 8. 雪

父亲躺在雪白的病床
在我们焦灼的目光之下
一场雪一样
急促地化了

而另一场雪
一场从未经历过的暴雪
刀子一样纷纷坠落
戳在儿女们千疮百孔的心上

## 9. 所有的雨

多少年来
我看见
那所有的雨
都落在了父亲的头上

现在，父亲走了
穹顶塌了
这所有的雨
都落在了我的头上

## 10. 下雨的时候

下雨的时候
想起已逝的母亲和父亲
他们——
肩挑背扛
负重行走在泥泞山坡
无人知晓，无人看见
更无任何文字记载的沉默一生


此刻
一千条银色的雨丝
一千根锐利的钢针
纷纷落下
扎在我
悔意绵绵的心上

2019 年 12 月 4 日——29 日

# 叹 息

黄昏投下最后一束微光
眼看着，一条蛇钻进了深邃无底的洞穴

慌乱伸出双手
极力揪住长蛇滑溜的尾巴

唯有一声旧年的叹息
落进了新年陌生的时空大海

2019 年 12 月 31 日

第三辑

心灵的织锦

# 太初有言

这崭新的页面

圣洁如雪

空白如天

也许，他们本身就已自足、完美

写下就是多余

甚至伤害

难怪，明哲们选择了述而不作

隐于野，隐于市，隐于朝

但，一种浩瀚的空白

一种深邃的沉默

在强力召唤你，吸引你

奋笔疾书

上帝说，要有光，就有了光

仓颉作书，天为雨粟，鬼为夜哭，龙乃潜藏

太初有言

2020 年 1 月 1 日

# 立 春

阳和启蛰，品物皆春。

——《宋史·乐志》

大地风雪泥泞

举步维艰

但春天之门

焕然而立

召唤万物开眼

健步前来

是天道使然

是人心所向

是众望所归

无论贫穷还是富有，疾病还是健康

那浩荡天涯、万紫千红的春天总是美好的

从不让你悲观失望

2020 年 2 月 4 日

# 这个春天

春天并没有改变

我们改变不了花开花落的时序铁律

改变了的是我们本就波动不已的情绪


一种情绪弥漫了这个春天

给春天覆盖上了一层胶质厚膜

还沾满了灰尘


这个春天命中注定

不会成为风景

但一定刻骨铭心


2020 年 3 月 3 日

# 风或者情绪

不要反对风
这风会刮来
一个意想不到的
盛大春天

反对情绪
反对情绪烧制的谬误
杯具
乃至
灰烬

2020 年 3 月 12 日

# 风 景

我站在山坡看风景

只看见一群鸟儿

左飞三圈

而后俯冲直下

向着一只老鼠或者一窝蝼蚁


接着，另一群鸟儿

右飞三圈

同样俯冲而下

向着另一只老鼠或者一窝蝼蚁


我坐下来

掏出西蒙娜·薇依作品集《在期待之中》

封面上戴眼镜的薇依散发着

初春阳光般明亮柔软的微笑

瞬间融化了远处山顶上古老的积雪


山岚阵阵

吹来它们窸窸窣窣的撕咬声


2020 年 3 月 22 日

# 光亮与阴影

你看
阳光多么坦荡
照着一头大象
也照着一只蚂蚁

按理说
众生都行走在阳光中
荡漾在均匀的光谱里

但是
有些生物喜欢光亮
向着太阳奔跑
有的则喜欢阴暗
绞尽脑汁
一直在搜寻光的背面
发霉的阴影

不知道这是源自先天还是后天

2020 年 4 月 3 日

# 记 忆

暴风雨总是先于
我们的预感来临

我们总是双手抱头
从山间、田野奔跑回家

但天意驱遣的雨水总是先于我们笨拙的脚步抵达
不可逃脱

2020 年 4 月 8 日

# 立 场

暴风雨袭来

还是站在那里

岿然不动

像树

像岩石

把根深扎在大地之心

和他们

底层的泥土、砂石、溪水一起

呼吸，心跳

欢乐、哭泣

哪怕摧折，哪怕拔起

哪怕粉身碎骨


亲爱的同志啊，要站稳了

脚下不可踩着一摊稀泥

那样显得肤浅、滑稽

将不断漂移、摇摆

不断否定、背叛

最终滑向深渊

而万劫不复

2020 年 4 月 11 日

# 分 歧

那长长的路
长长的风
我们一起走过

这个春天
我们遭遇凶猛的风暴

踉踉跄跄
已在岔路口

黎明时分
暴雨骤降

有的说东
有的说西

有的说左
有的说右

有的说阳光将会普照
有的说阴雨将会连绵

口干舌燥之后
我们分道扬镳

我知道
在下一个豁然开朗的路口
下一个如常的春天
我们终会相逢，相拥而泣、而笑

2020 年 4 月 12 日

# 心灵的织锦

我这样扪摸辨识你慧思独运的诗章，
密不透风的文字因生命介入而是心灵的织锦。

——昌耀

你哟，晨光中一丝不苟的绣娘
深居风霜雨雪敲打的寂寞庭院
穿梭春蚕倾吐的缕缕丝线
缂丝尺幅千里的无尽河山

你哟，黄昏里呕心沥血的诗人
直面生老病死上演的悲欣交集
吐哺生命凝练的字字珠玑
筑造美轮美奂的华严城堡

那都是心灵的织锦
梦的宏图
即是经国之大业，不朽之盛事

2020 年 4 月 17 日

# 圣 – 桑

雪山之下
那永在的湖水

永在的天鹅
永在的抒情

那抒情即是飞翔
即是优雅的思想

一首歌长及一生
爱是忧伤
爱又是多么艰难

我懂你啊
时光烟尘里不朽的圣 – 桑
那情感之火业已千锤百炼
成为精致的瓷

2020 年 4 月 27 日

# 志

无论凶悍的病毒
无论愤怒的情绪
都不能阻挡春风的浩荡
花儿的盛开

立夏之时
万物勃兴
疫情将尽
山水草木依旧
而人心不古

天外有天
法外无法
知天命，行大道
哀怨于我何有哉

2020 年 5 月 5 日立夏

# 鼓 舞

一棵树绿起来的强力意志
一个夏天如潮而至的磅礴力量
鼓舞了一个瞻前顾后、忧心忡忡的中年男人

自然，总是这花开花落、不言不语的自然
启蒙我们，引领我们不断超拔，不断上升
向着波澜壮阔的星辰大海

2020 年 5 月 14 日

# 对 话

今天早上

一位年轻的同事对我不无哀伤地说

昨天早上在火葬场

他看见

一股青烟过后

三十八岁的堂哥就永远不见了


我说，生命无常，节哀顺变

但去去火葬场也不失为好事

这样，我们不再斤斤计较

不再自以为是，傲慢无礼

当然，更重要的是学会珍惜

这人世间貌似微不足道的一切

比如，此时此刻

我们在阳光下、盆花旁

奢侈地谈论着死生大事

这幽深无底、奥义无穷的庄严话题


2020 年 5 月 16 日

# 声 音

我所有的仅是一个声音。

——W.H. 奥登

母亲早起生火造饭的声音
父亲哼唱革命歌曲的声音
兄弟姐妹们嬉闹欢笑的声音

村庄里生老病死、喜怒哀乐
此起彼伏、绵延不绝的交响

明亮的春天

热烈的夏天

浓艳的秋天

庄重的冬天

多么艺术、多么人性的四季

如今，故事已恍惚如梦
时间、地点、人物

连同宏阔的背景幕墙都已荡然无存

竟然只留下声音
在回响，在激荡
有如村庄东头那条古老的大河
昼夜滔滔

2020 年 5 月 21 日

# 荒凉的季节

哦，这荒凉的季节

空荡的院子里鸦雀无声

只有风在玩弄着轻薄的叶片

哗哗，哗哗


破窗而入

孩子们不可抑制的欢笑声

荡漾着最初的诗意

颇具建设性力量

不可多得

弥足珍贵


2020 年 6 月 6 日

# 家

地球科学认为
这里曾经是汪洋大海

对此我深信不疑
书架上还摆放着几枚从戈壁滩捡拾回来的海贝化石

这里无疑就是浩瀚无际的海床了
想必大鲨鱼和蓝鲸从我家客厅阳台呼啸着游弋而过

也许，我就是磅礴的喜马拉雅运动时期一条搁浅的小鱼小虾
在书房的位置，筑巢安家

2020 年 6 月 16 日

# 残 局

夕阳泛出衰弱的光

两位老者白发更复苍苍

他们在树荫下

伛偻、垂首、支颐

全神贯注，没有言语

无人围观

无人喝彩

晚风袭来

独自直面一场

悄无声息的残局

2020 年 7 月 26 日

# 进站之后

进站之后
跟随告示牌醒目的提示
还有扩音喇叭一遍复又一遍的喧嚷
我们终究分道扬镳——

硬卧，左侧，少数，三三两两
软卧，中间，极少数，零零星星
硬座，右侧，绝大多数，浩浩荡荡

2020 年 8 月 2 日　火车站台

# 圣哲之言

是一些随地而生的山花
一条随意流淌的溪水
引导我们
走向风景
走向辽阔

真理简明如水
幸福自然如花
而人
却总是越走越远
越走越难

少则得
多则惑
东方圣哲之言
早已穿透纷乱万象
瞬间命中核心
道破天机

2020 年 8 月 9 日

## 心安理得

人是情绪化
软体动物
是无常之风云

语言为金石
为忠义千秋之武士

在秋雨不住
孤立无助之夜半
攥紧语词牢靠温暖之手足
是心安理得的

2020 年 8 月 15 日凌晨

# 处 暑

不是老黄历
不是机械钟表般
精准的二十四节气
也非南来北往的大雁

只是一阵风
不知所向
掠过你的肌肤
贴近你的耳膜
确切告知你
那个感伤而又辉煌的秋天就要来了

2020 年 8 月 22 日

# 秋天之心

被多少感伤的鸟儿

多少饥渴的时光

疯狂啄食

秋天之心已是千疮百孔


这风雨后的秋天更复空空荡荡

像个废弃的天葬台


2020 年 8 月 23 日

# 孤 独

宴会过后
人走茶凉
那依旧默立在茫茫草原中的蒙古包
是孤独的

车水马龙
灯红酒绿
夜色中，一只低头蹿过喧闹街头的流浪狗
是孤独的

父母谢世
独在异乡
那千里之外
在阳光和月光的磋磨下日渐破碎的故乡
是孤独的

岁月倥偬
老之将至
那站在秋天凌厉的风中

枝头上瑟瑟颤抖，最后一片黄叶的目击者

最孤独

2020 年 9 月 15 日

# 其 实

我个子不高也不肥胖

其实

一张两平方米的木床

便足以容身

还略为宽裕


但我的房子竟然有二百平方米

其实

大多面积形同虚设

我很少落脚

落满了灰尘


其实

是他人投射而来

更多的是自己投射而去

灼热的目光

瓦解了自己脆弱的意志

做出了不少糊涂的选择

是啊，此时此刻

无比怀念那个在湖边木屋里简单生活的梭罗

无比钦佩为自己，也为人类深刻活着的梭罗

2020 年 9 月 20 日

# 反方向

诗人们坐着高铁

乘着飞机

向着摩天大楼报到

去参加诗会

欣欣然如沐春风


但诗歌却往往不在那里

那里一派喧嚣的荒芜


它在高铁、飞机、电梯、高楼

诸如此类

速度和时尚的反方向

缓慢、冷落的幽寂地带

野草般潜滋暗长

2020 年 10 月 21 日

# 带 电

让在欲望的深渊中挣扎的肉体带电
让冰冷的石头带电
让寒冰本身也带电

让周而复始、年复一年的季节带电
让一日三餐、千篇一律的生活带电
让每一个日出和日落带电
让虚无的梦带电

让消隐了的过去带电
让沉闷的今天带电
让渺茫的未来带电

让麻木的眼神带电
让沉默的嘴唇带电
让僵硬的词语带电
让被词语搅动的万物带电
让在高楼丛林中迷路重重
即将窒息而亡的诗歌之鹿

浑身重新带电

在一望无际的原野重新奔跑

2020 年 11 月 3 日

# 在高原

在高原
我们经历过不少石头

名贵的，比如玉石
普通的，比如岩石
更多的则是寂寂无名的卵石和砾石

身边的人来了走了
多了少了
笑了哭了
有如激流，动荡不安

但石头们一直都在
不言不语，不增不减，不生不灭，不悲不喜
有如永恒，屹立不倒

我目睹
一颗石子儿要比一个人长久
一把沙子比一群人安然无恙

其实，偌大的高原就是一块偌大的石头

高悬在天边

有如星辰，照见世界

2020 年 11 月 14 日

# 如 果

孤独的人啊

如果

季节的画面切割

天气的阴晴圆缺

乃至风霜雨雪的猛烈击打

都不能激发你，唤醒你

那就索性走向你自己

那将是另一座山，另一片海

里面居住着无数个你

无数个人

陌生、丰富，甚至怪异

好比他乡神态各异、川流不息的人群

取之不尽而用之不竭

2020 年 11 月 18 日

# 面 包

——致苇岸

你想
我们永不餍足的饕餮胃口
消耗了过去那么多的面包
未来可否还有面包
依旧如此源源不断

你看
大地老母多么疲惫
多么无奈
像一匹低头行走在黄昏里的荒原狼
又有多少张饥饿乃至贪婪的大嘴巴
嗷嗷待哺

你听
风一直在吹
带来了含混不清的消息

2020 年 12 月 1 日

# 喧 嚣

窗外
世事如风喧嚣
心亦喧嚣如风

我们，甚至都不能安静下来
集中心力
认真思量一件事情的状况
比如，精神的贫困
灵魂的苍白
比如，生死的两难
道路的尽头

我们总是忙忙碌碌
像大地上奔走的蚁群
日出月落，日复一日

2020 年 12 月 11 日

# 光

你从不拐弯抹角

隐晦曲折

以直线的方式

波、粒联手，加速奔跑

向万物倾泻光芒与温度

当然包括此时站在阳光里的你我

这是你质朴的修辞

强力的逻辑

抛却虚词浮华

动词接着动词

名词碰撞名词

2020 年 12 月 25 日

# 跨 年

所谓时间
只为幻象
乃日月星辰晃动不息之影子
时光如流水滔滔
不腐不尽
何来新旧

一沓虚幻的日历翻完之后
一些悲伤依旧刻骨铭心
不会随风飘逝
还会继续蔓延
有些念头则会戛然而止
有如路的尽头

年岁无尽而生也有涯
大道至简
大道如铁如石亦如命
可为而不可违

2020 年 12 月 31 日

第四辑

金色的风

# 城北记

## 1. 元旦

零点，虚拟的钟声响过之后
白纸哗啦展开
犹如清晨浩大的雪地一尘不染

为之四顾
为之信心百倍

## 2. 城北之夜

窗外
那庞然的火车像个电动玩具
在夜色中
呼啸着穿城而过
将他们
运回故乡或者异乡

### 3. 现代之夜

如果
这光电辉耀
永不睡眠的现代之夜
突然熄灭
彻底寂静下来
同样是令人焦灼，甚至恐惧的事情

### 4. 望北山

星斗在转
时光在飞
我的须眉百年银白

词语坚硬
诗歌坚韧
我的喉咙如鼓震颤

暮霭沉沉
北山漠漠
我的壮思如鸟在飞

## 5. 挂杯

玻璃橱窗里

高挂起来的

水晶杯具

在灯光下越加

晶莹剔透，精美绝伦

但本末倒置、徒具形式之壳

已是滴酒全无

空空如也

## 6. 火车

高楼下

火车跑来跑去

不分昼夜

不顾阴晴圆缺

悲欢离合

一如那零度以下冷酷的历史

亦如这热火朝天的星辰大海

## 7. 三月的风

在地球之巅
雪山之间
我们放牧着浩荡的牛群
放牧硕大的星辰

三月的风徐徐吹来
千万里之外
关于春的点点滴滴

## 8. 惊蛰

滚滚春雷中
昏庸的蛰虫们都醒来了
并且激情奔跑

你何时被惊醒，如隐者归来
连同词语的电闪，思想的洪水，诗歌的猛兽

## 9. 依旧是火车

这
南来北往

西去东来的

隆隆火车

给我的激励

是直接而强大的

有如那些滚动不息的钢铁轮子


## 10. 春分

太阳赤面丹心

威仪堂堂

端居厅堂中央

将自己丰沛而珍贵的光

分毫不差

绝对均匀地分配给了南北大地

分配给了万物苍生

分配给了一头大象宽阔的脊背

也分配给了一只蚂蚁渴望的眼睛


## 11. 春天之路

山坡上有雪

但山坡上的桃花、杏花、梨花、丁香花、迎春花

还有许多不知名的花儿

都如期开了

依旧艳丽，依旧繁盛
她们异口同声，热情宣告
春天之路虽然雨雪交加，黄泥翻卷
但还是来了

## 12. 幸福

窗外
一场大雪覆盖了北山
也覆盖了南山
覆盖了山坳上巨龙般高卧的大城

室内
一壶老茶
在彤红的炉面上
噗噜、噗噜翻滚鸣唱
冒着热香的强劲气流

2021 年 1 月 1 日—4 月 1 日

# 一根芦苇

林立的高楼大厦
喧嚣的大千世界
包围了他

一根孤独的芦苇
一根脆弱的芦苇
一根忧伤的芦苇

但他凝神聚力
在呼啸的风中
挺住头颅
努力思想

看哪
那些丰盛的花儿
在所有的大楼之上
在世界之上
在萧瑟的万物之上
如雪飞扬

2021 年 2 月 2 日

# 空谷足音

## ——致昌耀

百年歌自苦，未见有知音。

——〔唐〕杜甫《南征》

只要，这昂扬而警策的雪山

连同缥缈的峰巅之上

呼啸的雪莲花一样

激荡千秋的诗篇尚在

我们岂敢懈怠

岂敢堕落

做一个磅礴年代里

言辞轻浮的匆匆过客


你哟，旷野上孑然独行的寂寞先知

雄性的嚎叫

冷峻的旗帜

我们凝望着，呼唤着

逆风雪而行

寻找昆仑之墟业已消隐了的空谷足音


2021 年 3 月 14 日

# 青铜开花

## ——遥想三星堆文明

春天

青铜开花

黄金舞蹈

天边飘泊着古老的祥云

人们婴孩似的，睁大眼睛

仰望远古一场浩大庄严的盛典

觉醒伊始

我们就独树一帜

和而不同，各美其美

在苍茫江水边

劳作，创造，冥思

狂想那繁盛的永恒世界

她惊人的美丽容颜

来吧，来吧

让所有的草木疯长成参天的青铜巨树

将所有的飞鸟锤炼成不死的太阳神鸟

让它们拥抱着不息的光芒前来栖居

前来歌唱

将大地上匆匆易逝的人

用昂贵的黄金包裹起来

让他们屹立不倒，永生不朽

让他们熠熠生辉，有如满天星辰


三千年后，我依旧纵目怒视，望眼欲穿

期候你们——

我陌生的子孙们

有朝一日，终将看到我们

曾经天赋异禀、卓尔不群的灿烂存在

而此时此刻，大江两岸

龙飞凤舞

百鸟喈喈

美美与共

那永恒的明灯

照亮东方浩瀚的山水

照亮所有的房间，所有的面孔

2021 年 3 月 21 日

# 搬　运

太阳搬运

山川河流

搬运金、木、水、火、土

搬运

一代又一代

湿漉漉的

脸庞

眼睛

2021 年 4 月 13 日

# 地 气

乘着飞快的电梯

日出而升

日落而降

孤悬于空中楼阁


烟涛微茫

云霞明灭

地气，那浑浊而养我命脉的地气

玄之又玄

不可思议

可否扶摇直上

注入你日渐枯萎、日渐失语的身体

2021 年 4 月 14 日

# 诗歌之龙

那古老的诗歌之龙

鳞甲脱落

角枝钝拙

齿牙稀疏

静卧在世纪荒僻一角

眨巴着倦怠的眼睛

打量外面

风驰电掣的

怪异世界

2021 年 4 月 19 日

# 期 待

我期待

这青草

长得高些

再高些

直至触摸到

祁连山背之上

游走的云脚


我期待

这雪线

不要再升高

哪怕一毫米

一微米

甚至一个纳米

都不要再升高


雪线啊

这脆弱又坚韧的雪线

低些

再低些
直至停留在
云杉们望眼欲穿
列队等候的高度吧

我期待
这黄河
不只在贵德
是清澈的
而是全流域
5464 公里
752443 平方公里
都是清澈见底的
有如在她圣洁的源头
天上青海
巴颜喀拉

2021 年 6 月 8 日　祁连山

# 地 球

我发现

这宇航员看到的地球

只是个纯净的蓝色星球

没有绝望的荒漠

没有无底的天坑

也没有疯长的高楼大厦

没有烟雾

没有上下翻卷、挂胃飘转的

塑料袋

没有

丁点儿所谓文明之手

肆意涂鸦，留下的污浊痕迹

她洁净至极

可爱至极

简直就是个唯美的艺术品

悬挂在太阳系光明阔大的殿堂

优雅地旋转

这，大概就是她原初本来的样子吧

2021 年 6 月 20 日

# 雪 豹

自然造物如此可爱

我们的学问人却插手

将美妙形态破坏

谋杀然后解剖

　　　　　　——［英］威廉·华兹华斯

他们一拥而上

寻觅你

追踪你

用狂热的红外射线

那看不见的万千丝缕

捕捉你

锁定你

捆绑你

其实

你早已束手就擒

无处藏身

无路可逃

他们架起硕大的高清相机

用加长再加长的粗壮镜头

精确瞄准你

甚至都快触碰到了你

神圣不可冒犯的高贵头颅


你矫健的身姿

俊美的脸庞

灵动的眼神

甚至斑斓的毛发

都已纤毫毕见

无秘可守


如此

他们撕碎了你

不可亵渎的华贵礼服

掏空了你雪藏万年的隐秘传奇

一把拉下你

自孤傲而威严的王位


你惊恐、疲倦、无奈至极

终究和土拨鼠、野兔、石鸡

乃至一群整日奔波忙乱的蝼蚁

同框

赤条条行走在
他们精心布局
无处不在、无时不张的天罗地网

你早已伤痕累累
黄昏里一只病态的大花猫似的
摇摇晃晃
走过喧嚣的大屏幕

2021 年 7 月 3 日

# 金色的风

看哪

一百只金色的黄羊

自天边一跃而起

瞬间遁入金色的月亮之谷


诗人们在浩荡的月光下

欣然相会，把酒临风

一时聊发少年狷狂

力赋新词强说时代之愁

一举搅动金色的星群隆隆飞旋


看哪

金色的油菜花海在金色的风中

骤然蹦起辉煌的现代之舞


青春的高原之上

青春的大湖依旧动荡不安

一浪高过一浪

拍打着那些金色的年代，金色的梦


2021 年 7 月 28 日　哈尔盖草原归来

# 风中的往事

八月，在高高的山坡
我们竟然被黎明时分
一阵提前袭来的秋风
冻醒

回想起青春时代
在春夜，在格尔木
我们时常被戈壁滩上
一场奔腾而来的沙尘暴
惊醒

总是彻夜不眠
总是滔滔不绝
总是壮思飞扬

夜半，我们一起触摸到
一块黑漆漆的、词语的巨石
它丰饶而荒芜的核心
令我们狂喜

令我们止不住地恐惧与战栗

我们抛却流传千年的陋习
大踏步走出去
站在荒原蛮横无理的风中
举起理想主义
一面弱不禁风的旗帜
对抗着无边的寒潮
无边的荒凉
无边的夜

2021 年 8 月 5 日凌晨　海晏文迦牧场

# 围　绕

我们从四面八方赶来
围绕着大湖
围绕着鱼群和飞鸟
旅行

我们围绕着山水
围绕着树木花草
围绕着油菜花海里
一只嗡嗡飞舞的小蜜蜂
唱歌，跳舞

我们围绕着茂盛的满天繁星
围绕着形象生动的缤纷万物
相爱相恋
繁衍生息

2021 年 8 月 7 日

# 养 育

养育我们的
往往是一些琐碎的
乃至卑微的东西
比如小小的米粒
比如细碎的盐粉
比如单薄的菜叶

比如母腹
比如胎盘
比如乳汁

比如
孤单的词语
沉默的书本
从未说出口的虚妄梦想
还有那
看不见摸不着的空气
无色无味无形的水
脚下黯淡无光的土

潜隐在皮肤底下黑暗管道里昼夜奔涌的血

等等，等等

就是这些琐碎而卑微的众多元素

费尽心血，养育了我们

2021 年 8 月 9 日

# 瞬 间

月亮走进窗框

成为装饰

成为风景


你走进房间

成为暂坐的主人

成为命运之子


列车呼啸而过

成为模糊的背影

成为铁定的历史


太阳升起来

成为唯一的明灯

成为绝对的主宰


2021 年 8 月 23 日

# 抱着《神曲》回家

秋雨瑟瑟
快递终于送达
我抱着《神曲》回家

我知道，里面是
紫金方砖般沉甸甸的威廉·布莱克插图精装版《神曲》

秋雨绵绵
我怀抱着《神曲》
怀抱着《地狱》《炼狱》《天堂》
上楼

我提心吊胆
这山脉般连绵高耸的三篇三界
会否将电梯纤细单薄的钢绳绷断

忐忑之间，我已跃升至三十三层高楼到家
但密封的防水包裹尚未打开
庄严的一百歌尚未翻揭开一页

绵长的一万四千余行诗篇尚未诵读一行

秋雨潇潇
我能否登越这莽莽群山
能否抵达那永恒的光与爱浩荡的辉煌殿堂

我复又提心吊胆
这山脉般连绵高耸的三篇三界
会否将大楼，积木玩具般层层堆垒的房间压塌碾碎
成为废墟，成为灰烬

2021 年 8 月 25 日

# 牵 念

我牵念

保险公司老总华莱士·史蒂文斯先生

小心翼翼放置在田纳西山巅

那只浑圆空荡、魔力四溢的灰色坛子


我牵念

文弱木讷的昌耀先生在草原黄昏遭遇的

那血酒一样悲壮的一百头雄牛和

一百九十九只威猛的犄角和

一只呜呜幽咽的号角


我牵念

罗丹大师文质彬彬的秘书里尔克先生

在巴黎植物园洞察到的

那只在一千根栅木内怀揣宏愿

团团打转的豹子


我牵念

那游荡在语言和梦的灰烬之上
一切死而不亡的精魂

2021 年 9 月 3 日

# 度

时光飞逝的意志和
火车奔驰的意志
具有同等的力度和强度

绵绵秋雨和
漫漫人生
具有同等的长度和浓度

认识星空和
认识你自己
具有同等的难度和高度

婴孩的眼睛和
天使的灵魂
具有同等的纯净度

2021 年 9 月 5 日

# 真相与幻象

街道上摆满了
大大小小、形形色色的汽车

一大早开始
它们就像肥胖的毛毛虫一样
在蠕动
直到夕阳隐入楼群

瞬间
一辆金色的马车
自彩虹似的天桥
飞驰而过
自毛毛虫们疲倦、恼火的头顶
飞驰而过

2021 年 9 月 6 日

# 氧 化

买了一个银质茶杯
龙飞凤舞，银光闪闪

几个月后，我惊慌不已
栩栩如生的龙头凤尾泛出
淡淡的黄色乃至黑色
失去了起初雪花般的光泽和亮洁

老银匠瞟了一眼坦然地说
氧化啦，这是好事啊
说明纯度高，是货真价实的真金白银哪

是啊，世间万物
包括金银铜铁木石土
包括我们尊贵的肉体
都会氧化，都会腐朽

但，也有例外
比如流传至今的经典

比如经典里那些如光闪耀的篇章、段落、诗行

它们，都不可被氧化

在时光的沙砾和世事的洪流中

越磨越光，如星如火，绵绵不绝

2021 年 9 月 6 日

# 支 撑

我们乐观

至少如常地生活下去

依赖的往往不是那些长远而宏大的目标

反而是一些渺小琐碎的事物

比如一顿周而复始的家常便饭

一杯清淡的茶饮

一部并不深刻但很热闹的电视剧

一本翻了又翻的闲书

一首歌，一幅字画

一个人

是这些

坚韧而顽强地支撑了

我们随时会陷入困境或者无聊深渊的无常一生

　　　　　　　　　　　　　　　　2021 年 9 月 6 日

# 月亮，月亮

月亮，月亮
永远是
寂寞嫦娥的深深庭院
玉兔精灵的捣药作坊

亮月，亮月
永远是
游子李白思乡的清澈辞藻
萨福洞见爱情和诗歌的秘密巨镜

月亮，月亮
永远是月桂怒放的花园
永远是酒香弥漫的山庄

亮月，亮月
大海在呼啸
人们在凝望
永远是

除了想象力和词语

再无抵达，再无触碰

2021 年 9 月 10 日

# 幸，也不幸

我们能希望获得的唯一的智慧
是谦卑的智慧：谦卑是无穷无尽的。

——托·艾略特

地球上
只有少数几个幸运儿
经过后天的严苛训练，身心完全健康的航天员
离开地球并鸟瞰了地球
看见了地球孤悬星空、寂寞运行的样子

借助他们深邃而宏阔的眼睛
知道了我们在星辰大海中的渺茫位置
知道了我们的卑微乃至尴尬
我们简直无地自容

是啊
我们比苏格拉底、柏拉图、但丁
比老子、庄子、屈原
他们，幸，也不幸

我们因直视甚至触摸

从而丧失了磅礴如海的想象力

丧失了恢弘无羁的思想和诗篇


我们在欣喜之余

应该更加清醒、谦卑

甚至悲观一些才好

因为地球虽然美幻

但太渺小，也太脆弱

乃至凶险

像一粒穿行在密集的飞石之中

精致的蓝色玻璃球


2021 年 9 月 20 日

## 轻与重

三个月内
我参加了两个葬礼
一位火葬
瞬间化成了一把灰
一位土葬
深埋在了坟地
终将也会化成一把土的

我在想
这世界是在变重呢还是变轻
我想，是在变轻吧
因为，失去了那么多
活生生的血肉之躯，还有那么多
（包括我爷爷、奶奶、父亲、母亲……）
黄金般沉甸甸、无数无量灵魂的重量

2021 年 9 月 27 日

# 葡萄干

秋天
一个月以后
遗忘在阳台上的一大串水汪汪的大葡萄
竟然干瘪成了一小串葡萄干

我在想
那过了秋天呢
过了冬天呢
过了夏天呢
过了一个又一个秋天，一轮又一轮无穷尽的春夏秋冬呢

我不敢想下去了

2021 年 9 月 27 日

# 九 月

九
数之大者
道之尽头
万众不可僭越之至尊


阳气冲天
烘烤万物成熟
果实们浑圆饱满，骄气四溢
大地弥漫腐败的浓烈气息
勃勃生机戛然而止


九九归一
季节辉煌的劳绩即将清零
四野静穆
孤独者陷入沉思
寻觅那隐秘在丛林深处
被落叶遮蔽了的第一个台阶
思谋着该如何重新抬起、投下
那审慎而隆重的第一步

想起来年雨雪霏霏中蹒跚而来的春天之躯

半是喜悦，半是哀愁

九月啊

九月如电如火，即将寂灭

即将成风成梦

谁虚度了深邃如渊的九月

谁将虚度昂贵如金的一生

　　　　　　　　　　　　　2021 年 9 月 30 日

# 她 们

是爱也，动太阳而移群星。

——但丁

但丁遇见的贝雅特丽齐
仓央嘉措遇见的玛吉阿米
叶芝遇见的茉德·冈
她们，她们啊——
是人，是神，是魔
是一见钟情，一生一世不能更移的初恋
是亦真亦幻，三生三世没完没了的梦魇
是反复无尽的失眠、懊悔、叹息和疼痛
是滔滔不绝的抒情、描摹、思想和咏赞
是潇潇秋雨中绵绵不住的回忆
是鼓舞有情人攀越地狱、净界、天堂之路
燃烧不熄的太阳、星辰和玫瑰
是酿造诗歌之酒的隐秘窖池
是生成文艺巨树的幽暗渊薮

2021 年 10 月 4 日凌晨梦醒

# 梦：飘浮的城

我看见

一座城

灯红酒绿中喧嚣不息的城

在大漠深处

和落叶、沙尘裹挟在一起

突然飘浮了起来

一串彩色气球般缥缈无定

不知所终

想起来了

想起来了

在最后的秋天

秋天最后的风中

我们搬家了

搬走了城里所有的图书

所有的果实

所有的重量

2021 年 10 月 8 日

# 里尔克之夜

只能在零点以后

甚至在夜半

纯粹的寂静和

丝绸般的黑暗中

才能看见你

玄奥的幻象，情感的深渊

以及雪花般翩然而至的辉煌天才

因为你本身就是

自遥远的星辰飞奔而来

一束原始的、纯净的光芒

甚至，就是光源本身

孤独而强大

向着幽暗、艰深处投以正午的亮度

瞬间照亮我们所有的柔弱、哀愁和伤口

照亮世间所有的爱情与美善

让我们在无人的暗夜

莫名哭泣，莫名狂喜

如果四周只是一片苍白无知的光明

只是喧嚣

你会迅捷撤离

并且深深沉默、隐逸

复归于巨大的夜

巨大的无

像一只独来独往

梦一样飘忽不定的雪山之豹

无迹可寻

2021 年 10 月 20 日夜半

# 看哪！这人

看哪！这人
在太阳和月亮之间
在星空和大地之间
在实词和虚词之间
在芦花和雪花之间
虚度了他电闪般漫长的一生

2021 年 10 月 21 日

# 彩色的通讯录

前两天
一位久未晤面、远方的诗人朋友去世了
今天遗体火化
想象着她将从一股青烟和一把灰烬中升向吉祥天堂

估摸着她已搭乘幻象之舟高飞，走远
我从冗长的通讯录找见并将她移除
心里默念着：一路走好

而在前几天的聚会中我又添加了几位朋友的微信
相信以后还会陆续添加一些新的名字、新的面孔、新的灵魂
那镶着彩色头像的通讯录一定会生长得更加丰茂、韧长
犹如一条四季葱郁、百折不挠的常青藤

遂想起昌耀《慈航》中萦绕不去的铿锵诗句
是的，在善恶的角力中
爱的繁衍与生殖
比死亡的戕残更古老、
更勇武百倍。

2021 年 10 月 26 日

# 星 星

亲爱的

我们多么幸运

举首之劳

就能看见这么多的星星缀满天穹


但是，亲爱的

宇宙还在膨胀

天堂都在下雪

这满天的星群犹如游走于草原尽头的羊群

正在渐渐远去、消隐

无论如何，我们终将看不到她们灿如烟花的脸庞


2021 年 11 月 6 日

# 贝多芬之夜

十九世纪非凡之夜

上帝以雷霆咆哮之声

向他耳语

令他谱写

宇宙霍霍飞行之磅礴交响

人类最后的华严合唱


上帝听着是好的

欣然而去，不知所向

2021 年 11 月 9 日

# 中年之门

看哪

汹涌的大河两岸

石头孕育着石头的梦想

蚂蚁抗争着蚂蚁的厄运


来吧，背负语言

古老又沉重的行囊

不舍昼夜的赶路人

紧紧扼住命运的咽喉

快快敲响沉默的琴键

使石头开花

让蚂蚁们越过贫寒的冬天

去往丰衣足食的远方


看哪，在壮丽的清晨

他们从容不迫

信步跨过

忧患重重的中年之门

踏进一个豁然开朗、满眼繁花的盛大春天


2021 年 11 月 20 日

# 盐

常识告诉我们

盐能刺激味蕾，增强食欲

盐能强筋健骨，野蛮其体魄

盐能杀菌消毒，清洁其机体

盐能防腐拒变，使其长久


老人们讲

在无粮可食、饥饿难挨、手无缚鸡之力时

盐能补充体力，救人性命


那何谓诗中的盐呢

我想

那春雪一样暗自涌动的情感

那星空一样遥深无尽的思想

那石破天惊、出神入化的想象力

那如创世命名万物之时，雷霆万钧的语言风暴

可能就是诗中的盐

2021 年 11 月 21 日

# 冬日之光

那晴空中呼哨而过，白色的鸽群浑身银器一样熠熠辉耀着的是
冬日之光

那雪后村庄屋顶上老电影荧幕一样一块一块渐次闪烁着的是
冬日之光

午后阳光破窗而入打在书页上窸窸窣窣私语不绝的是
冬日之光

母亲在月光和星光的陪伴下生火做饭时灶膛里跳动不熄的是
冬日之光

在西北之西苦寒光秃的季节，看到或想起这些电闪般的瞬间
内心如潮涌荡而起的是
冬日之光

2021 年 11 月 30 日

# 点燃一场大雪

大者，盛也，至此而雪盛也。

——〔元〕吴澄《月令七十二候集解》

点燃一场大雪
点燃整个冷寂的冬天
让我们在一夜之间
返回失而复得的春天

点燃我
点燃她
点燃冻僵了的手指和玫瑰
让我们在一夜之间
返回永不凋谢的爱情

看哪
大地和天空合在一起燃烧
男人和女人合在一起燃烧
万物和语言合在一起燃烧
我们在分外妖娆的冰天雪地中

终于看到了

关于人的奇迹和神话

2021 年 12 月 7 日大雪

# 冬 至

冬至阳生春又来。

　　　　　　——杜甫


年末岁秒

上帝终于停下脚步

抖落浑身的尘埃

人间就落满了雪花

落满了童话


既然已经走到了尽头

就该不惑、无忧、不惧

因为转身就是

百花竞放的春天

就是滔滔不绝、喧闹繁盛的春意


　　　　　　　　　　2021 年 12 月 21 日

# 博尔赫斯之夜

日出日落
白昼拖曳着黑夜
黑夜尾随着白昼

博尔赫斯在白昼看见的是夜晚
在夜晚看见的是白昼

博尔赫斯一直静坐在夜的中央
玄想联翩，电闪雷鸣
赫然搭建起耸入云霄的巴别塔
照见所有的夜晚，所有的白昼

南方的博尔赫斯一直静坐在书籍的中央
没有黑夜，亦无白昼
有如东方山水间独坐千年的寂寞圣哲

2021 年 12 月 29 日

# 等　候

冬至之后

我总是坐在书房阳台

等候下午四点钟的阳光

像等待灵感之光

等待一首诗

像里尔克或者博尔赫斯写就的

一首诗的神圣莅临

他们超凡脱俗，气宇轩昂

像一只活生生的黄金老虎

自然天成，突然出现

飞奔在浩瀚无际，梦的旷野

　　　　　　　　　　　　2021 年 12 月 30 日

# 诗言志

公元 2022 年 1 月 1 日早晨

透过落地玻璃大窗

我目击新年第一轮太阳从楼群与楼群之间

从一幢一百层摩天高楼屋顶缓缓升起

瞬间照亮我淹没在旧年中的脸庞

照亮众声喧哗的书房

我相信

这是千年前

李白从香炉之上，或者孤帆之侧

看到过的太阳

但也是诗仙从未梦想到的奇观

我要用太白从未使用过的崭新的语言

触摸它，感受它，想象它，描绘它

并把它编排在唐诗如山似海磅礴无尽的卷册里

2022 年 1 月 1 日

# 春天之海

时光在飞
诗歌在追

看哪
雪落在了牛尾
雪落在了虎头
雪落在了十二生肖
缠绵无尽的花环

快啊
攥紧词语之马
熠熠生辉的红鬃之光
和燕子们一道
飞进黄金舞蹈的
春天之海

2022 年 1 月 7 日

# 叫醒侥幸的幸福沉睡[①]

对幸存并
继续爱着的人而言
死亡是徒劳的。

——［哥伦比亚］哈罗德·阿尔瓦拉多·特诺里奥

没有时间
只有瞬间

今夜高原强震，无人能眠
梦中游荡的牦牛翻身而起在风雪中四处奔突

地震波瞬间击穿雪山和静夜
自大湖之北涌荡而来
精准抵达百里之外高楼上摇摇晃晃的床榻和书橱

智者张炜在济南的冬天里深沉地说

---

① 2022 年 1 月 8 日 1 时 45 分，青海省海北藏族自治州门源县（北纬 37.77 度，东经 101.26 度）发生 6.9 级地震，震源深度 10 千米。西宁市震感强烈。作家张炜得知后从济南发来信息说"地动乃根本之动"。

地动乃根本之动

叫醒人们
叫醒侥幸的幸福沉睡

叫醒世界
叫醒所有从万劫中幸存下来的有情众生

2022 年 1 月 8 日

# 寂静呼吸

……就像一只静止的中国花瓶

永远在静止中运动。

——［英］T.S.艾略特《四个四重奏》

一只宋代白釉剔花牡丹纹瓷瓶

丰饶如春

温润如玉

自足、自信乃至

自大、自傲


从一个朝代到另一个朝代

从一处庭院到另一处庭院

从一双手到另一双手

从一双眼睛到另一双眼睛

从一次心跳到另一次心跳

辗转千年，流动不息

终究——

从落魄文士们忧患重重的眼神里

滑落下来

掉进时光之渊

竟然品相完好如初，毫发无损
终究——
劫波度尽，淡然如菊
亭亭玉立在
二十一世纪
人们更复犹疑不定的眼眸里
寂静呼吸

2022 年 1 月 19 日

# 老虎，老虎

## ——寅虎献词

老虎，老虎
老虎背负光阴的火焰飞奔而来

老虎，老虎
老虎身着斑斓的锦衣灿然而来

老虎，老虎
老虎怀揣狂野的梦想阔步而来

老虎，老虎
老虎潜行在茂密的东方年画乘愿而来

老虎，老虎
老虎端坐在博尔赫斯冥想的无尽旋梯
舐读星辰天书

2022 年 1 月 28 日

# 少与多

据精确统计——
艾米丽·狄金森生前只发表过——
十一首诗

而我们——
形形色色、洋洋洒洒的各路诗人——
发表的数量一定都超过了这个不足挂齿的数字

但——
我们比她肯定少了许多、许多——
如果再加上她那些秘符一样难以道说的破折号——
林中路一样曲折无尽的破折号——
我们少得会更多、更多
——甚至归零

2022 年 1 月 28 日

# 雪

终究

一场雪

又一场盛大的雪

瞬间消失殆尽

无迹可寻

可能

是我们的灵魂还不够干净

词语还不够敏捷

文心还不够虔诚

终究不能挽留住它们——

早已参透天机、无有挂碍的浩茫身心

2022 年 2 月 9 日

# 在春天里

在春天里

不要争吵

更不要动粗打斗

不如心平气和

去看风景

看云卷云舒

去看历史彩色的画册

从起点到结局

从愤怒到聊天

从欢呼到眼泪

从沸腾的热血到寂静的墓园

从倔强如铁如石到悔恨如海如水

看看吧

都是大同小异

都是游戏

都会烟消云散

都是淡淡的记忆

不如去看风景

去看彩色的历史画册

看云卷云舒

2022 年 3 月 12 日

# 真 相

也许，是它们——

只是它们——

一粒奔走在路边的蚂蚁

一棵风中飘摇无定的草

一只栖落在枝杈间

黄昏里疲倦的鸟儿

看见了真相——

全部生动而哀伤的细节


主要的，还有那半个月亮

伤口一样疼痛无声的月亮

终于爬上来

目光悲悯而犀利

刺穿厚重的云层

从高处

看见了大地上触目惊心的真相

2022 年 3 月 26 日

# 洋芋蛋和大白菜

每次疫情来临
紧急采购储备的生活物资中
总有洋芋蛋和大白菜
它们质朴而谦卑的粗糙身影

无论布衣蓝领
还是宝马香车
菜篮子里都有它们
质朴而谦卑的粗糙身影

瞧，昨天午后争分夺秒
几近抢购的物资中
就有十枚洋芋蛋、四棵大白菜
它们质朴而谦卑的粗糙身影
它们——
无数的手臂和无量的恩泽

2022 年 4 月 20 日

# 春天里

在春天里

应该栽下树苗

应该播下种子

打消一切恶念

让万物活在期待中

活在宁静的喜悦中


应该放下冰冷的凶器

不砍伐，不杀生，不妄动

让它们生锈，断掉，腐烂成泥

重归于大地，成为起初

浑璞无华的元素


在春天暴烈的风中

我们稳稳站立

守护住善念

守护住金木水火土生生不息的流转

守护住一年乃至万万年的清洁源头

2022 年 4 月 22 日

# 稻 草

每当无依无靠

孤立无援时

我只能伸出双手

牢牢抓住

诗歌

这忽远忽近

若有若无

河岸上孤零零

挺立着的

最后一根稻草

2022 年 4 月 29 日

# 纠 缠

那另一个
在遥深无尽的那一头
一直呼唤着我
纠缠着我
使我
在唯一的、无可选择、无可更改的
轨道上运行、颠簸
颠簸、运行

你
另一个
陌生的，熟悉的
究竟在哪个光明的拐角
等待再等待
在天时地利人和的完美瞬间
和我猛然相撞
相拥而泣

2022 年 4 月 30 日

## 语 言

这是四月最后的一天
但出乎意料
雪还在下

窗外
隆隆奔跑的火车
孩子们的欢笑声
吹响悦耳哨音
不停飞旋的鸽群
——显然，这些
依旧是大雪覆盖了花草之后
高原寂寞的春天里最具活力的
生动语言

2022 年 4 月 30 日

# 灯 火

五月第一天的傍晚

我亲眼所见

太阳落下

乌云四起

笼罩了半边天空


而丛林般拔地而起的高楼

如常挺立在天地之间

万千窗口

点亮万千

人间倔强不熄的灯火

2022 年 5 月 1 日

# 荒 芜

师之所处，荆棘生焉。

——《道德经》

从新闻视频看见
大炮赫然架设在了五月葱绿的麦田

炮架四周麦苗枯死，黑土裸露
已是荒芜

我想
炮口前方已经荒芜

其实
射程之内都会是荒芜

其实
战争就是荒芜
就是荒谬

2022 年 5 月 8 日

# 时光凶险

时光
这自天上弥漫而来的潺潺流水
随时会将我吞没

极力寻找
大地上一块稳固的石头

最终
在海浪一样
动荡不安的人间
我踩到
一个词
一句诗
一首破碎的诗
幸免于难

但流水泱泱，骇浪滔滔
天地之间，凶险依旧存在

2022 年 5 月 12 日

# 人们啊

### ——致地球

爱，即行动。

　　　　——雨果

让它

像一株五月的蒲公英

蓬松

透明

轻盈

在微风和阳光中

匀速呼吸，旋转

独立不改

周行而不迨

人们啊，是时候了

它已千疮百孔，疲惫不堪

你一定要拿出全部的爱心

就像善待婴儿一样精心呵护

千万不要粗心大意，更不可肆意妄为

让它变成——

粘挂在巨大的黑洞边缘

一粒僵死无光的尘埃

2022 年 5 月 14 日

# 一天就这样过去了

我从东头的餐厅

玻璃窗阳光

追逐到西头的书房

玻璃窗阳光

一天就这样过去了


中间是

老博尔赫斯们

貌似漫不经心

亦真亦幻的

几行诗句

犹如神谕

犹如绵延无尽的书卷


我终究没有参透

依旧无知苍白

依旧惶恐

一天就这样过去了


2022 年 5 月 16 日

# 另一边

看吧，多少年又多少年了
鲜花不会生长在强悍的钢铁脊背上
不会从高大的花岗岩柱顶上冒出来
从来不会，即便物竞天择，百折不挠

总要站在弱者——
他们一边
言志，发抒
就像花儿们总是从卑微的泥土里
盛开，灿烂

在强者，更强者
他们那边
总是无话可说
即便说出也是多余

诗歌即是必要的发声
只能站在另一边
他们——

一大片幽暗无声的地带

那边——

雄辩滔滔

2022 年 5 月 21 日

# 一声啸吼

此生
还能听见一声
真实的老虎真实的啸吼吗
就像早晨醒来时常听见的
窗外一声真切的鸟鸣

首先排除动物园里那种被圈养的
被驯化了的
形散神散、荒腔走板的怪叫

必须是那种来自人迹罕至的深山老林
地地道道，原汁原味
跟百万年前它们古老生猛的祖先们
一样野蛮血性的一声啸吼

至少应该和行者武松在景阳冈狭路相逢的那只吊睛白额大虫
爆发而出"却似半天里起个霹雳，振得那山冈也动"
一声啸吼旗鼓相当

为此

我想寻遍所有的山林，所有的传说

所有的梦


2022 年 5 月 27 日

# 看 见

——致 2022 年六五世界环境日

星辰大海

大海星辰

唯有这里——

地球，这蓝色的星星

化育万类，以及

宇宙之精华，万物之灵长

——人

用精血

用坚韧而磅礴的梦

孕育了诗——

这个古老而蓬勃的物种

午后

通过火星车发来的高清视频

我分明看见

这偌大的赤铁色的星球

——火星

尘沙笼罩，遮天蔽日

四周没有蓝天白云包裹

没有海湖江河星罗棋布

甚至——

没有丝毫的生命迹象透露

唯有苍白的沙砾和僵死的岩石

堆积成丘，裸露半空

酷似亘古死寂无声

寸草不生的戈壁荒漠

也是决然没有人，更没有诗

2022 年 6 月 3 日

# 押　韵

雷电轰轰，风雨潇潇
我在密集如林、高耸入云的楼群中搭建诗行之梯

窗外，那永无休止永不退却永不妥协永不疲倦的火车
声势浩大，应时而至，毅然前来助阵
为飞驰而来的灵感和词句和幻象之链
啪嗒嗒，啪嗒嗒
合辙押韵

2022 年 6 月 12 日

# 我 们

我们弯下腰来

寻找，捡拾，挖掘，收集

生活中那些锈迹斑斑的破铜烂铁

而后回炉，千锤百炼，精雕细琢

使之成形、成器

成为不腐、不烂、不朽的

诗

2022 年 6 月 21 日

# 血 脉

我远去的父亲、母亲

两股浓烈热烫的血脉

涌现着两个人清晰如镜的容貌、性格

乃至四处弥漫的情绪、脾气、神态

还有永远做不完的家务和美梦

在我身体里奔腾不息

涌向我浑然无知的孩子

涌向未来无穷无尽

尽善尽美的子子孙孙

2022 年 7 月 8 日

# 牙齿或者年岁

五十年以来，一万八千多天
与诸多亲爱的物质反复纠缠
比如牛羊肉、大饼、土豆
还有形形色色的蔬菜水果
乃至磕磕碰碰
比如骨头、蚕豆、瓜子
还有其他各种各样的坚果

在一个寻常的黎明、傍晚
或者光天化日之下
终于松动，碎裂
——脱落
突然老去

2022 年 7 月 14 日

# 天　职

苍天之下，大地之上

园丁们精心呵护着湿漉漉的花蕾

牧羊人悉心照看着山坡上浩荡的羊群

诗人们行色匆匆，追逐着

几个隐秘而柔弱的词语

（这词语犹如幽暗的土壤中穿行的细小蚯蚓

又似浑浊的池水中游走的滑溜泥鳅）

梦里梦外，不舍昼夜

　　　　　　　　　　　　2022 年 7 月 19 日

**图书在版编目（CIP）数据**

心灵的织锦／曹有云著 . -- 北京：作家出版社，2022.11

（中国少数民族文学之星丛书·2022年卷）

ISBN 978 - 7 - 5212 - 1999 - 9

Ⅰ.①心⋯　Ⅱ.①曹⋯　Ⅲ.①诗集 – 中国 – 当代

Ⅳ.①I227

中国版本图书馆 CIP 数据核字（2022）第 160628 号

**心灵的织锦**

作　　者：曹有云

责任编辑：史佳丽　李亚梓

特约编辑：赵兴红

装帧设计：孙惟静

出版发行：作家出版社有限公司

社　　址：北京农展馆南里 10 号　　　邮　　编：100125

电话传真：86 – 10 – 65067186（发行中心及邮购部）

　　　　　86 – 10 – 65004079（总编室）

E – mail: zuojia@zuojia. net. cn

http: // www.zuojiachubanshe.com

印　　刷：唐山玺诚印务有限公司

成品尺寸：152 × 230

字　　数：43 千

印　　张：17.25

版　　次：2022 年 11 月第 1 版

印　　次：2022 年 11 月第 1 次印刷

ISBN 978 - 7 - 5212 - 1999 - 9

定　　价：49.00 元